COLLECTION FOLIO

Camille Laurens

L'Avenir

Gallimard

Camille Laurens est née en 1957 à Dijon. Agrégée de lettres, elle a enseigné en Normandie, puis au Maroc où elle a passé douze ans. Aujourd'hui, elle vit dans le sud de la France.

Elle a reçu le prix Femina 2000 pour son roman *Dans ces bras-là*.

L'avenir, c'est ce qui n'est pas saisi, ce qui tombe sur nous et s'empare de nous. L'avenir, c'est l'autre.

E. Lévinas

O

Le monde nous avait oubliés là, nous autres, entre la rive et l'eau.

Céline

ŒSTRUS

— Moi, de toute façon, je n'ai jamais souffert.

C'est la seule phrase que j'ai pu saisir au vol, en passant derrière lui pour me rendre au bar. Il était allongé au bord de l'eau, en appui sur les avant-bras, il parlait tourné vers le ciel, le visage offert au soleil. En arrivant, j'avais déjà remarqué de loin le bleu de ses yeux ; je sais aussi qu'il s'appelle Jacques ; bref, j'ai assez d'éléments pour décider qu'il va changer ma vie. Ou plutôt — parce que je ne veux plus être la proie tout en acceptant très bien de rester une ombre — j'ai une meilleure idée, pas vraiment différente au fond, mais plus excitante pour l'avenir : c'est *moi* qui vais changer sa vie.

Il s'est levé — hâlé, mince, maigre, certes moins fort que *l'autre* Jacques —, il a dit quelques mots à sa voisine de serviette, la blonde qui a crié son nom tout à l'heure afin qu'il vienne, qu'il la rejoigne (sûrement pas sa femme, il y avait trop d'angoisse dans sa voix — Jacques ? — presque une interrogation, il ne doit pas encore être à elle, mais elle œuvre en ce sens, visiblement) — et il a plongé. Quand il est revenu à la surface, les cheveux plaqués sur les oreilles, il était moins beau que sec, il avait même l'air stupide, hébété, ridicule. Forcément : on allait changer sa vie, et il ne le savait pas.

— Qu'est-ce qui lui ferait plaisir ? a demandé le barman comme s'il s'était maintes fois posé en vain la question à lui-même. J'ai commandé le cocktail maison sans quitter des yeux le nageur qui avançait très peu en déplaçant beaucoup d'eau — moins sportif, aussi, *l'autre* aurait pu remonter la Seine jusqu'à Rouen. Mais tout de même, il fera l'affaire, j'en suis sûre, il sera le héros de l'histoire.

— Ça, c'est que des figurants, a objecté le barman en montrant la piscine d'un index délateur. De vulgaires figurants payés à la journée, faut pas croire. On les a convoqués, ça fait deux après-midi qu'ils restent là à se prélasser. Pour l'instant, ça baigne, a-t-il commenté en vissant son torchon dans un verre à whisky. Vous, je ne sais pas ce que vous êtes — il a reniflé d'une seule narine déjà prête au mépris quoique hésitant sur son objet —, mais moi...

Lui appartient au personnel de l'hôtel, ça fera vingt ans lundi. Il travaille pour de vrai, lui, il trime jusqu'à des trois heures du matin, il sait préparer l'*Alexandra Black*, le *Tango Surprise*, le *Royal Romance* et tutti quanti, et malgré ça on ne verra pas sa bobine à l'écran, non, pas même à l'arrière-plan au-dessus d'un plateau de rafraîchissements (sa spécialité, pourtant, le plateau en équilibre sur trois doigts) parce que, tenez-vous bien, ils ont engagé un *faux* barman pour jouer le barman, une espèce de cave qui ne sait même pas agiter un shaker sans avoir l'air d'un zélateur d'Hare Krishna.

— Ils auraient dû vous prendre, votre cocktail est di-vin. J'ai levé mon verre en son honneur et je lui ai souri comme à un faux barman. Il a renâclé avec plus d'indulgence — sa spécialité, le *Palace Pink Future*. Cela dit, vous savez, ai-je poursuivi, le naturel ne paie pas toujours, surtout au cinéma. Quelquefois, c'est le contraire : à force de trop *jouer* son vrai rôle, on passe mal à l'écran. Ça me rappelle l'histoire du garçon de café, justement, que raconte Sartre dans

— Dans le film, c'est ça ? Je connais, Sartre. Il a écrit le film, c'est ça ? C'est l'auteur ? (D'abord il n'est pas garçon de café, il est barman. Le français a toujours été une langue humiliante. Il déteste les Français. Mais Sartre, il connaît, c'est une pointure.)

— Non non, il est mort, Sartre. C'était un grand philosophe. D'ailleurs — j'ai ri pour masquer ma gêne, je me rendais bien compte qu'il fallait me taire, mais, je ne sais pas pourquoi, j'avais envie de le dire —, d'ailleurs, l'auteur, c'est moi.

Il a ri aussi, heureusement, s'est penché au-dessus de la corbeille d'œufs durs : il voit le style, la demoiselle est une petite rigolote. Mais lui ne marche pas, car depuis trois jours que le tournage a commencé, il les a bien regardés, tous, avec leurs barreaux de chaise et leurs chevalières en or, et — il se permet de le lui dire — elle n'a vraiment pas une tête à faire partie des gros bonnets.

Il est exact que personne ne s'est encore intéressé à moi. Si je ne me présentais pas moi-même, si je ne forçais pas l'attention, fût-ce celle du barman, je pourrais passer inaperçue jusqu'à la fin : ma fameuse « discrétion ». Déjà, quand j'ai dit mon nom (le vrai, bien sûr, puisqu'il fallait justifier de son identité), ils n'ont pas bronché, à la réception. Ils ont consulté leur liste, Ruel Laurence, oui, m'ont tendu un jeton numéroté — le 98 —, et je suis entrée. Toutes ces précautions m'ont rappelé de mauvais souvenirs, cette indifférence, aussi, mais en un sens, cela m'arrange. Et puis bon : j'ai voulu voir, je vois.

J'ai hésité à venir, pourtant. Je savais que les choses se passeraient ainsi, elles ne pouvaient pas se passer autrement depuis le jour où j'ai signé le contrat avec Francesco Fellini (toute ressemblance avec un réalisateur existant ou ayant existé serait pure coïncidence, quoique le maître cultive l'ambiguïté : toute son équipe a des seins énormes — de très gros bonnets, pour sûr — « Arrête, arrête, disait Jacques, autrefois, tu as appris à lire dans l'almanach Vermot ou quoi ? », mais on riait, on riait, qu'est-ce qu'on a pu rire, avec Jacques !).

Ce bellâtre de Fellini a lourdement insisté sur l'impossibilité pour moi d'intervenir dans l'écriture du scénario, puis lors du tournage : « Non, vous comprenez, sinon on n'en sort pas. Vous avez forcément un autre point de vue, surtout si c'est autobiographique, hein ? » Il a enchaîné sans attendre ma réponse, en tirant sur son havane : autobiographique, pour sûr que ça l'était ! Des embrouilles pareilles, ça ne s'inventait pas, d'ailleurs on en connaissait bien les conséquences, n'est-ce pas ?

J'ai accepté ses conditions. Je n'ai vu aucun de ses films, je ne sais pas ce que ça vaut, sans doute pas grand-chose, mais j'avais besoin d'argent, alors, lui ou un autre… De toute façon, ni les actions d'hier ni les mots qui les ont racontées ne m'appartiennent plus : le langage et le passé sont sans maître fixe, à peine éclos ils accèdent à la plus pure liberté… et à la plus terrible aliénation, car la vie vécue et les phrases imprimées sont à la fois inchangeables et transformables à volonté. Je n'ai jamais pu contrôler les métamorphoses continuelles de ce qu'on croit à tort définitif — les faits, leur récit —, qui produisent même en moi une sorte d'ivresse. Chaque pas, chaque mot a toujours buté presque instantanément sur ce que le monde voulait en faire. Je pouvais donc bien vendre mon âme avec mes droits et venir assister à la curée, puisque c'est toute ma vie qui s'est toujours heurtée aux autres, qui a trébuché à chaque seconde et perdu l'équilibre pour s'enliser dans le marais mouvant des interprétations, des trahisons, des contresens, puisque c'est moi tout entière qui m'effondre continûment, prise de vertige, et qui tombe sans cesse, comme emportée vers les sept cercles de l'Enfer, dans le domaine public.

Bref. Les coproducteurs franco-italiens ont payé cash mon histoire et ma réserve, ils ont acheté d'un seul paraphe ma parole et mon silence. Je n'ai plus que le droit de me taire et de regarder — comme au cinéma, somme toute ! —, ce qui me suffit amplement pour mener à bien mon nouveau projet. Car si ce matin encore, j'ai franchi la porte résignée à boire la coupe jusqu'à la lie (et même jusqu'à l'hallali), mes perspectives sont maintenant toutes différentes. Je ne me laisserai pas dévorer à belles dents par la meute ; bien au contraire. J'ai toutes les armes dans la main. Peut-être, à la rigueur, pour les besoins du jeu, devrai-je, comme je l'ai longtemps fait, poser à l'amazone lassée des conquêtes. Mais l'envie de la chasse m'est revenue, là, soudain, à entendre cette fille appeler Jacques, j'ai eu un goût de sang dans la bouche.

— Et pourquoi ne tournent-ils pas ? ai-je demandé en montrant les baigneurs disséminés sur la mosaïque. Il y a un problème ?

— Le problème, c'est Elle, a répondu le barman en baissant la voix, le pouce pointé vers les bâtiments neufs comme s'il faisait du stop pour quitter son zinc au plus vite. Ornella Stasetti, la vedette — mais si, vous savez, cette actrice italienne. Elle a joué dans *Braises d'amour*, ils l'ont passé quatre fois à la télé, mais si, voyons, une brune très — ses mains ont malaxé quelques hyperboles puis il m'a regardée avec dédain : bien la peine de citer des écrivains morts quand on ne connaît même pas les stars vivantes ! Il a continué à me dévisager un moment, incrédule — seule une extraterrestre peut ignorer qui est la Stasetti —, avant de s'exclamer presque gentiment : « Mais d'où sortez-vous ? » Ce petit barman ne manque pas de finesse.

— Enfin, a-t-il repris, hier soir elle a descendu une bouteille de Campari, et ce matin, elle a encore refusé de tourner : il paraît qu'elle-a-froid.

Il a contemplé la piscine, les palmiers, les pailles dans les verres, les sodas, les serviettes-éponges tout en caressant pensivement son aisselle auréolée de sueur, a levé la tête vers le soleil comme pour en vérifier l'éclairage avant de déclarer en regardant la caméra bien en face : « Si vous voulez mon avis, elle a plutôt le feu quelque part — et je m'y connais » (sa spécialité, les femmes).

Je l'ai laissé peaufiner son gros plan, puis j'ai dit :

— Et qu'est-ce qu'elle joue, comme rôle ?

— Alors là, vous m'en demandez trop : je ne sais même pas de quoi cause le film. Le rôle principal, forcément, c'est pas le style à rester au second plan. Une histoire d'amour, je suppose.

Je me suis tue. Me voilà donc devenue une brune incendiaire ! Premier postiche, mais qui, il faut bien l'avouer, ne change rien à la vérité de l'histoire : Jacques n'avait pas de préférences. « C'est drôle, tu n'es pas du tout mon genre, lui ai-je dit, l'une des premières fois, nue à plat ventre sur lui, pour le vexer ou l'appâter, en vertu de l'axiome selon lequel on a toujours sa plus grande passion pour quelqu'un dont on n'est pas le genre.

D'habitude, je préfère les bruns. » « Moi, a-t-il répondu, je ne suis pas si difficile. J'aime les petites rousses, les grosses blondes, les grandes brunes. Mon genre à moi, c'est les belles filles. » Salaud de Jacques ! Il avait marqué le premier point. Est-ce que le scénariste aura gardé cette scène ? Ou bien La Vedette refuse-t-elle de tourner nue de crainte d'attraper la mort ? Mais dans ce cas, toute l'histoire perd son sens.

— Et les figurants, qui sont-ils ? Des gens d'ici ?

— Ouais. Des résidents étrangers, presque tous. D'après ce que j'ai compris, le gars du casting cherchait surtout des Européens — pourquoi ils ne tournent pas leur film en Europe, alors ? Ils ont mis des affiches ici et là en ville, et tout le monde s'est précipité : ça les amuse, faut croire, ou bien ils veulent voir la Stasetti en chair et en os. Et comme on leur a juste demandé d'avoir le teint clair et une tenue de soirée, et qu'en plus on les paie !...

— Mais que font-ils dans la vie, d'ordinaire ? Ils travaillent ici ?

Le barman en a soudain eu assez de jouer les indics, surtout pour rien — d'ailleurs pourquoi pose-t-elle toutes ces questions, elle est flic ou quoi, c'est elle, le nouveau détective de l'hôtel, que cherche-t-elle exactement ? Tout en maugréant, il essuyait des verres à toute allure comme s'il voulait y effacer ses empreintes.

— Non, je vous demande ça par curiosité, je travaille, euh... pour un journal...

Je lui ai souri. Ce n'est pas un mensonge, au fond : le moment venu, je raconte tout dans mon carnet noir.

— ... mais rassurez-vous : je ne vous citerai pas.

Le barman s'est agité : alors non seulement on ne le verrait pas à l'écran, mais en plus il laisserait passer une occasion d'avoir son nom dans le journal ! Ah ! non. Il souffre trop de côtoyer des gens célèbres sans avoir jamais eu son heure de gloire ou sa minute de vérité, de rester constamment hors scène, hors jeu. Il veut, ne serait-ce qu'un instant, gagner un lot à la grande roue du destin, avoir sa tranche de gâteau, faire partie de la *distribution*. Il en a plus qu'assez d'être la main qui sert un baby en bas à droite de l'image, et encore ! Il n'a jamais été bien cadré, et il rêve d'être enfin reconnu, d'entrer dans le champ.

— Mais si, vous pouvez me citer, au contraire : Adisslam Sabit, et fier de l'être. Adi, pour les intimes, c'est plus court (il préfère ne pas révéler que dans ses rêves de gloire il s'appelle Max. Ce serait bien bête de sa part de prendre un pseudonyme juste au moment où il va se faire un nom). Et vous, c'est quoi, votre journal ?

— Oh ! ce n'est pas très connu. Cela s'appelle *L'Avenir*. Je réalise un reportage sur le tournage, mais en essayant d'adopter un point de vue original : je voudrais montrer les coulisses, l'envers du décor, raconter la vie des troisièmes couteaux, observer tout par le petit bout de la lorgnette. Vous comprenez ?

Il comprenait et il était mon homme.

— Ce couple, par exemple, à côté du palmier. Vous le connaissez ?

Il le connaissait. Il connaissait tout le monde. Sa spécialité, le monde.

— Ceux-là, là-bas ? Le type qui me fait signe ? Il nage comme un caniche, vous ne trouvez pas ? Ils ne sont pas ensemble dans la vie. Ils viennent de temps en temps à quatre, ou avec des amis. En temps normal, l'hôtel fonctionne comme club sportif pour les résidents. Mais là, pendant le tournage, je ne sais pas ce qu'ils fricotent, ils se sont débarrassés de leurs conjoints ! Ils travaillent tous plus ou moins pour le service culturel de l'ambassade, ou ils sont profs — ça leur laisse le temps de bronzer, vous remarquerez. Lui porte un nom… un nom en A, oh je ne sais plus… Ils ont un chef, un nommé Henriot, lui je m'en souviens parce qu'il a une sacrée ardoise ici, sa femme vient régler à reculons tous les 36 du mois, elle marchande, faut voir. La fille, là, la blonde, elle est gentille, elle ne boit que des *Pink Future.* Elle a l'air assez calée, elle parle comme un livre, des fois, elle récite des poésies, elle est un peu — ses doigts près de l'oreille ont dessiné les vagues d'un esprit qui s'effiloche. Son prénom ? Attendez, je l'ai su, ça ressemble à un nom de fleur… Calice ? ou — non, pas Alice — Camille ? Ça existe ? Mais ça va vraiment vous servir, ce que je vous raconte ? Vous croyez que ça peut intéresser les lecteurs de *L'Avenir* ?

OUVERTURE

— Moi, de toute façon, je n'ai jamais souffert.

Jacques est allongé en face de Camille au bord de l'eau, yeux mi-clos, redressé sur ses bras tendus derrière lui comme s'il offrait son torse — « par quelqu'un, je veux dire » — à d'impossibles flèches d'amour — elle ne répond rien, elle avait compris, merci, elle se doute qu'il a déjà eu mal aux dents ou des écorchures aux genoux. Il sourit vaguement, ou bien le soleil le gêne. Elle lisse du doigt sa serviette-éponge, elle préfère se taire, ne pouvant tout de même pas lui expliquer tout ce qu'apporte la souffrance, tout ce qu'il rate, ce serait « absolument ridicule », comme dit leur collègue Henriot. D'ailleurs, il a l'air d'en être fier, elle aurait du mal à le convaincre — comme cette élève, du temps où elle enseignait en France, qui l'avait assurée n'avoir jamais lu un seul livre, elle n'avait pas le temps, elle préférait monter à cheval, et puis à quoi ça lui servirait ? Jacques se lève, il renoue le lien défait de son maillot, le tissu est encore luisant du bain précédent ; lui aussi sait quoi faire au lieu d'être malheureux : il nage. Au bout de deux minutes, il vient lui sourire à hauteur du carrelage ; ses cheveux plaqués sur le front lui donnent une ressemblance avec Hitler ou Charlot, elle n'a pas le temps de voir, il repart déjà en brasse indienne. À cette élève, elle avait dit sèchement — elle était jeune, alors — : « Ça sert à comprendre. » L'autre avait reniflé, effarée, un peu comme lui à l'instant sur le bord, les paupières rougies par le chlore, et avait dit : « Comprendre quoi ? »

Ce n'est pourtant pas compliqué, la souffrance. Elle, par exemple, elle souffre qu'il nage, qu'il ait seulement l'idée d'aller nager, que ces minutes qu'il consacre à la baignade ne soient pas pour lui du temps gâché, du temps enlevé à leur conversation, à leur intimité. Ils ont si peu l'occasion d'être vraiment seuls ensemble. S'il revenait maintenant, elle le relancerait, elle s'étonnerait : comment ? Il consacrait une partie de sa vie à la littérature et il n'avait jamais souffert ? N'était-ce pas le paradoxe des paradoxes, puisque les trois quarts des romans ne parlaient que de ça, de la douleur ? Et lui n'en avait rien tiré, aucune expérience sensible ? Il ne pensait donc pas que les livres, en nous enseignant la vérité, nous apprennent aussi à souffrir ?

D'un autre côté, se dit-elle en évitant de le regarder qui s'ébroue comme un jeune chien, d'un autre côté, qu'est-ce qu'on peut comprendre aux livres quand on n'a pas souffert ?

Évidemment, il l'a peut-être dit par provocation. Il y a mille manières de prononcer cette phrase, et elle n'a déjà plus la sienne à l'oreille. Y a-t-il mis du triomphalisme, du regret, de l'espièglerie ? Elle aimerait qu'il la redise, qu'il répète, mais ce n'est pas possible, naturellement, on ne peut pas rejouer la scène. Quoi qu'il en soit, elle n'a qu'à décider de relever le défi : elle sera la première à lui faire goûter les joies du malheur. Après tout, s'il n'a jamais souffert, il n'a jamais aimé — pas même sa femme. Douce pensée. Il n'a pas souffert comme d'autres n'ont jamais vu la mer, en quelques heures ça peut s'arranger. Elle rêve pour lui d'un grand chagrin d'amour, d'une marée d'équinoxe, enfin de quelque chose qui vaille le voyage, qui vaille la peine. Par exemple, elle se verrait bien — il se hisse sur le bord, ses doigts bleuissent dans l'effort, il se rétablit par un mouvement de torsion et agite le bras en direction du bar, elle meurt d'envie de lui prendre la main au vol, il renifle et dit : « Tu prends quoi ? »

C'est un noble projet que d'initier un puceau du malheur, un illettré du chagrin. Mais en attendant, inconscient de son infirmité, il sourit de toutes ses dents, qui sont très blanches, et comme elle est d'un naturel obligeant, de même qu'à l'école, autrefois, elle portait, en plus du sien, le cartable d'une petite camarade hydrocéphale, en attendant, elle souffre pour deux.

— Qu'est-ce que tu as pensé du topo d'Henriot ? demande-t-elle dès que l'altération de sa voix peut être mise sur le compte du *Pink Future* glacé que vient de lui apporter le garçon — ouh ! il est glacé, dit-elle d'abord. Dans les arbres, les oiseaux jacassent, on dirait qu'ils sont des milliers à couvrir les battements de son cœur.

— Le topo d'Henriot ? Sur Stendhal ? J'ai bien aimé… C'est un type assez brillant, non ? Il connaît plein de gens, en tout cas. Il paraît que l'année dernière, il a reçu personnellement Michard chez lui — Michard, tu sais, de Lagarde et Michard. Un peu trop coco, peut-être, c'est ce que tu veux dire ?

— Henriot ? Il est communiste ? Je croyais qu'il était catho…

— Ah ! bon ? Ah ! c'est possible.

Elle le regarde. De toute évidence, sa tête est vide. Il boit son verre en remuant les orteils, auxquels il sourit comme à un groupe de convives dans une soirée mondaine. Il a de l'ambition, il a envie de réussir, et, elle ne sait pourquoi, cela aussi la fait souffrir. Elle l'aime, elle aime Jacques : cette idée n'est pas encore une phrase pour elle, elle n'a pas encore mis de mots sur ce qui lui comprime la poitrine et lui ouvre dans l'esprit un trou énorme où s'engouffrent par tombereaux tous les détails sans importance, mais c'est maintenant une question d'heures, ou même de minutes. Dès qu'elle aura dûment constaté que la bêtise de Jacques, sa bêtise crasse, loin de lui réjouir l'âme, lui étreint le cœur, alors elle sera contrainte de se l'avouer, de se le formuler : je l'aime, j'aime Jacques.

— Moi, je n'ai pas du tout aimé. Je trouve qu'il pontifie et qu'en même temps il simplifie trop. Non, mais tu as entendu son commentaire du voyage de Julien à Verrières ?

— Euh, oui... enfin, non, je n'ai pas relevé...

Il s'en moque, il s'en contrefiche, il s'en tamponne le coquillard avec un presse-purée à réaction, et elle est là à pérorer, elle continue, elle s'enlise, pourquoi s'acharne-t-elle à lui parler littérature quand c'est son propre cœur qu'il faudrait déchiffrer lettre à lettre ? Petit abécédaire de l'amour : leçon numéro 1 : Camille.

— Mais tu sais, quand Julien lit la lettre de Mme de Rênal qui ruine tous ses espoirs d'épouser Mathilde : il prend la chaise de poste dans l'intention de tuer son ancienne maîtresse, et Stendhal note : « Dans cette route rapide, il ne put écrire à Mathilde comme il en avait le projet, sa main ne formait sur le papier que des mots illisibles. » Géniale trouvaille d'Henriot : « N'allez pas croire que c'est l'émotion qui fait trembler la main de ce brave Julien ; simplement, vous avez déjà essayé d'écrire en voiture ? ! » Tu ne trouves pas ça terriblement réducteur, tellement...

— Oh ! tu sais, il ne faut pas non plus tout surinterpréter. On ne peut pas toujours « peser des œufs de mouche dans une balance de toile d'araignée », comme disait je ne sais plus qui. La réalité concrète, ça existe aussi, non ?

Elle mord du bout des dents sa rondelle de citron pour avoir ouvertement les larmes aux yeux. Il pourrait être employé de banque, ce serait pareil. Si elle comprend bien, traduit en français moderne, il lui reproche d'enculer les mouches. Lui, lorsqu'il dit « Je n'ai jamais souffert », il déclare qu'il n'a jamais connu de douleur morale. Ça veut dire ce que ça dit, littéralement et dans un seul sens. Il constaterait de la même façon, là, maintenant, qu'il est quatre heures, que l'eau est très bonne ou qu'il n'y a pas assez de rhum dans son *Tango Surprise*. Point final. Mais elle refuse cette manière de lire l'histoire, quelle qu'elle soit ; elle ne croit pas aux ponctuations fortes, aux signes qui semblent clore le sens. Pour elle, peu de phrases sont susceptibles d'être vraiment fermées, puisque tout un halo de mots muets les environne, dont le centre est partout et la circonférence nulle part. Elle réfute la grammaire traditionnelle, ses catégories sommaires. La proposition *indépendante*, entre autres, n'existe pas. C'est un leurre, une façon de faire croire que les mots sont libres comme l'esprit qui les forme. Mais qui pourrait citer une seule phrase simple, qui voguerait tranquille et sûre dans l'air où elle fut prononcée ? Tout au monde est rattaché, coordonné, juxtaposé, tous les mots traînent ou poussent leur batterie de casseroles, leur froufrou d'arrière-pensées, leurs échos, leurs souvenirs. Il y a toujours des mots derrière les mots. Le langage est tout entier subordonné : tel constat demande une explication, tel refus exige un commentaire ; les suggestions vibrent d'espoir, la méditation s'ouvre des parenthèses, l'idée hésite, la rêverie se remémore, le songe s'abîme, les questions appellent une réponse. Même celles auxquelles on ne répond pas sont relatives — surtout celles-là —, suspendues qu'elles demeurent au silence qui les cerne — est-ce que tu m'aimes ? Mieux vaudrait abolir le point, toute parole est incomplète, toute conversation reste un roman inachevé, l'histoire n'est ponctuée que de virgules, de petites pauses avant de continuer. Rien ne fait taire les mots, c'est un bruissement continuel — est-ce que tu m'entends ?

« Et "il est mort", avait braillé Henriot un jour où elle tentait d'exposer ses vues syntaxiques, "il est mort", ce n'est pas une phrase simple, peut-être ? "Il est mort. Point final." » Elle avait essayé de réexpliquer : la signification de la proposition n'entrait pas en ligne de compte ; la mort est peut-être la fin de tout, mais on n'a jamais fini de parler de la mort : « Il est mort, virgule, que vais-je devenir ? », « il est mort, virgule, quand est-ce qu'on va chez le notaire ? », « il est mort, virgule, dans le Très-Haut il a trouvé un abri, virgule, bon débarras, virgule, il avait qu'à m'écouter, virgule, attends-moi, je te suis, virgule, ou bien tiret, le tiret marche aussi — quand elle est morte-Adèle. ou la parenthèse. Tu comprends ? »

Il ne comprenait pas, et pourtant il était ouvert aux théories les plus avant-gardistes. Mais là, vraiment, elle racontait n'importe quoi, cette pauvre Camille, et il fallait penser aux choses sérieuses : ils avaient été nommés à ce poste pour préparer un manuel de lettres françaises à l'usage des étudiants mogdouliens — en tant que chef-coordonnateur de l'équipe il se devait de rappeler ses troupes à la raison, sinon on allait dérailler. D'accord ?

— D'accord, avait-elle répondu en froissant quelques papiers qu'elle avait devant elle, d'accord, virgule, espèce de con,

— C'est Voltaire à propos de Marivaux.

— Pardon ?

— « Je ne sais plus qui » : c'est Voltaire. Et ça n'empêche que les œufs de mouche de Marivaux valent cent fois mieux que le théâtre de Voltaire.

Ensuite elle se tait, elle écoute palpiter ses propres paroles, elle s'en veut de l'avoir aiguillé sur un différend, elle aurait mieux fait de le laisser parler, pour voir, et puis de mettre un chapeau sur sa tête — la réalité existe aussi, oui, même qu'elle bout à 45 ° —, il lui semble que son crâne atteint l'incandescence, virgule, je te désire, tu es là devant moi, tellement étranger que j'en tremble (vous avez déjà essayé de rester lucide avec un *Pink Future* dans le nez par temps caniculaire ?), mon île au loin, ma Désirade, non, ça va, je te remercie, un peu de vertige, ce n'est rien, c'est la chaleur, « et n'est-ce rien que d'être un autre ? », a écrit Marivaux qui connaissait si bien l'amour.

Jacques ne dit rien non plus. Il y a des hommes passés maîtres dans l'art d'entendre les interrogations muettes. Pas lui. Il ne sait pas lire les livres, alors le silence… De toute façon, il n'aurait rien à répondre : il ignore ce que c'est que d'être autre, puisqu'il n'a jamais souffert. Cette distance de sa main à elle à son bras à lui, qui tient ce verre aux couleurs de sang, cette position qu'il occupe par rapport à elle sur les arabesques du carrelage, elle à six heures et lui à moins dix, cet éternel temps de retard qui éternellement les sépare sur le cadran solaire des émotions, tout cela n'effleure pas sa conscience, elle le voit bien.

Ce n'est pas qu'elle ait envie d'abandonner. C'est le genre à lire les livres jusqu'au bout même si elle a déjà deviné la fin. Elle ne saute pas de pages, elle ne quitte pas la salle avant la fin de la séance. Tout au plus aimerait-elle trouver un passage qui mène à lui, ouvrir une parenthèse où se glisser dans ce décor anodin, mettre de l'action sur l'écran éteint de la journée, il fait beau, virgule, tu as de belles mains, dents, lèvres, je voudrais les caresser, toucher, baiser, il y a trop de tequila dans mon *Pink Future*, à cette heure c'est mortel, virgule, je suis folle, je rêve de toi depuis des semaines, ou encore, profitant de l'ivresse (t'es qui, là ? Je ne suis plus moi-même), mais elle n'osera pas, elle voudrait pourtant oser cette brusquerie consanguine au désir, oh, il est déjà cinq heures !, virgule, et si on allait faire l'amour ? Tu prendrais une chambre, je te rejoindrais un peu plus tard, je frapperais, tu m'ouvrirais,

— Je ne sais pas ce que tu en penses, observe Jacques en consultant une montre à fond turquoise aussi waterproof que son cœur, mais, à mon avis, il ne se fera jamais, ce film.

P

Saint Jérôme remarque sur Daniel, que les Hébreux n'ont point de P, et qu'ils se servent au lieu du Ph ; et qu'il n'y a que le seul mot Apadno dans toute l'Écriture qui se lise par P.

Dictionnaire Furetière

PANORAMIQUE

J'ai continué à déguster mon cocktail en bavardant avec Adi. Il a un grand sens de l'observation et connaît parfaitement le français — le Français aussi, peut-être. Je le cultive, il me sera précieux. Je lui ai demandé s'ils avaient déjà tourné plusieurs scènes, il m'a dit que non, deux petites séquences autour de la piscine, dont une avec la Stasetti dans un maillot de bain parme décoré de galons blancs, il n'avait pas vu grand-chose à cause des techniciens qui grouillaient tout autour, il avait aussi entendu qu'on attendait l'acteur principal, qui achevait un film à l'autre bout du monde, il n'avait pas retenu son nom — Jacques, à quelle sauce vas-tu être mangé ?

À ce moment-là, quelques personnes sont arrivées, l'une d'entre elles a installé une caméra près des lauriers-roses, juste en face de moi. (C'est alors que j'ai eu cette idée d'apparaître à l'écran : figurer incognito dans le film de ma propre vie, tout en jouant non moins anonymement une partie beaucoup plus importante, être l'ombre de moi-même, la doublure de mon double, voilà qui devrait pimenter ce tournage lamentable. Je vais creuser cette possibilité.) Une espèce de virago à la voix de stentor et au décolleté pélagique donnait des ordres aux figurants, mon petit couple a été déplacé sur la droite sans que je le perde de vue. Les préparatifs ont duré longtemps pour trois fois rien, un simple raccord. Finalement, quelqu'un a hurlé : Silence, et la caméra a pivoté lentement d'environ 180°, embrassant le bassin d'eau bleue, les fleurs, les baigneurs disséminés et, je suppose, le vaste néant de l'existence. Car, entre parenthèses, je ne vois pas à quoi correspondent ces plans aquatiques par rapport à mon récit. Je ne me souviens plus très bien du détail — ainsi que je l'ai toujours expliqué aux quelques bonnes âmes qui ont voulu me faire commenter mon roman, il m'est impossible d'en parler, puisque je ne l'ai pas lu. J'ai remarqué à l'époque combien cette réponse glaçait les gens comme une fin de non-recevoir, alors que rien ne me semble plus honnête : un écrivain n'est jamais le lecteur de son œuvre, même cinquante ans après l'avoir écrite ; s'il ouvre l'un de ses livres, dès la première ligne il se remet à l'écrire. En ce qui concerne ce roman-ci, bien qu'il ne date que de cinq ou six ans, j'ai oublié en grande partie non pas l'histoire, bien sûr (pour cela je n'ai qu'à feuilleter mon album de souvenirs), mais les transformations — noms, lieux, circonstances — que sans doute je lui ai fait subir pour éviter un nouveau procès. J'imagine y avoir suggéré ou même décrit une piscine, puisqu'il y en avait effectivement une au consulat, mais rien de capital ne s'y est jamais produit, si ma mémoire m'est fidèle : qu'est-ce que Fellini (invisible sur le plateau, soit dit en passant, le Maître ne doit se déplacer que pour les morceaux de bravoure), qu'est-ce que Fellini ou son scénariste ont bien pu inventer autour de cette piscine ? Ma rencontre avec Jacques ? Peut-être en effet l'acteur ne joue-t-il pas au tennis ! Une de nos disputes ? Devant témoins, ce serait mal me connaître. La révélation de Jacques ? Tant de soleil éclairant tant de noirceur, pourquoi pas ? Non, sans doute veulent-ils seulement évoquer le luxe où nous vivions, notre paresse, notre désir de volupté. C'est peut-être moi qui suis stupide de nier l'importance du cadre, de l'atmosphère. Dans les films, comme dans les romans du reste, je ne supporte pas ces lents panoramiques censés planter le décor, qui servent surtout de sous-titres pour les imbéciles que nous sommes : il pleut sur la rade, traduction : il pleure dans mon âme ; de sombres monts circulaires s'élèvent au fond du désert, traduction : les Indiens vont attaquer ; l'asphalte file à l'infini sous les phares, traduction : la route est longue et la nuit ne va pas être coton… On essaie de nous faire croire depuis des lustres qu'il existe une relation entre les hommes et le monde extérieur, alors que, si je déplace la caméra de 360° autour du couple que nous formions, Jacques et moi, l'histoire entière se découpe sur un fond noir et blanc, sans tous ces bibelots, cette bimbeloterie dont on prétend meubler la vie. Mais bon, ma conception est évidemment particulière : je ne tourne pas un film, je dévide une pellicule usagée. Quoi d'étonnant, pour un passé si *négatif*, n'est-ce pas, Jacques ?

Trêve de plaisanteries, j'ai du pain sur les planches ! Il faut que j'étudie mon rôle, que je décide comment intervenir, en douceur mais efficacement. Et dans un délai assez bref. Car le temps — qui est d'abord l'argent des producteurs, j'imagine — est mon ennemi majeur dans le plan que j'élabore. Donc, commencer vite. La période d'observation sera réduite au minimum nécessaire. Pour Jacques, il n'y aura pas de problèmes. Je l'ai mieux vu, tout à l'heure, quand il a déplacé sa serviette. Il me plaît, il n'est pas difficile à désirer. J'avais quelque appréhension parce que, de ce côté-là, il faut bien admettre que je manque de pratique. L'autre jour, dans le train, quand la vitesse a diminué à cause des travaux sur la voie, il y avait cet homme sur le bas-côté, cet ouvrier en sueur qui nous regardait passer, son maillet à la main, j'ai eu une envie folle de le toucher. Heureusement que le train est reparti, parce que j'allais dérailler. Bref. Jacques : un jeu d'enfant. D'ailleurs, j'ai l'impression de bien le connaître. Évidemment, faire le tour de quelqu'un-qui-n'a-jamais-souffert, s'en offrir le panoramique en cinq minutes chrono ne relève pas de l'exploit, j'en conviens. Mais il ne constitue pas le seul paramètre : restent les autres personnages, y compris les utilités, que je dois mieux maîtriser, la fille surtout, celle que le barman appelle Camille. Je ne peux guère m'approcher davantage sans attirer les soupçons, d'autant que le champ est délimité. De toute façon, suivant les ordres de la virago, ils ont cessé de se parler. Lui a repris sa pose de saint Sébastien que ne transpercent jamais que les rayons du soleil, elle s'est mise sur le ventre et a sorti un bouquin de son sac, elle lit ostensiblement, sans doute furieuse d'être dos à la caméra ; j'ai reconnu le livre à la couverture, je l'ai relu l'année dernière dans la même édition, c'est *Le Rouge et le Noir*. Bien, bien, très bien.

PERSONNAGE

C'est une femme d'une trentaine d'années, un peu plus peut-être. Elle s'appelle Camille parce que ses parents attendaient un garçon. Son père, passionné d'histoire, s'était consolé en lui donnant le prénom d'un révolutionnaire admiré, sa mère, de mémoire, celui d'une des *Petites Filles modèles* : ils n'avaient pas les mêmes lectures, mais ils y puisaient leurs rêves. Ce n'étaient pas les mêmes rêves, bien sûr, quoique Camille en fût toujours le personnage principal ; tantôt elle souriait gentiment dans une barboteuse à festons ou, plus tard, une robe du soir couleur de lune, ou encore un tutu blanc, tantôt elle défendait les opprimés, s'enflammait pour de justes causes, participait à des missions humanitaires, sans aller toutefois jusqu'à finir guillotinée car elle portait des cols Claudine et puis son père l'aimait beaucoup. En tout cas, cela peut expliquer qu'aux yeux de Camille, à la fois héroïne et héros, les livres soient la chose la plus importante du monde, à quoi sa vie entière se rattache, d'où elle tire son origine et son développement. Une grande partie des livres ont été écrits pour elle : elle est la destinataire secrète de nombreuses pages, la clef cachée de beaucoup d'autres, ou même simplement d'un paragraphe, ici ou là, d'une phrase — on peut tant dire en quelques mots ! Évidemment, tous les romans du monde, les tragédies, les élégies, n'ont pas été *vraiment* écrits pour elle, elle le sait — « tu le sais, ça, chérie ? », s'inquiétait sa mère, effarée, lorsque, à seize ans, quand un énième Thésée l'avait larguée de quel amour blessée, elle pleurait en déclamant des vers de *Phèdre* ou *Bérénice*, hoquetant à la césure que Racine connaissait bien son âme — « tu n'étais même pas née », arguait sa mère, effrayée, en tournant une cuillère en bois dans le lapin en gibelotte sans quitter sa fille du regard, peut-être, après tout, que trop lire rendait fou. « De toute façon, ajoutait-elle en guise de consolation, tous les hommes se valent — et elle touillait derechef sa sauce Grand Veneur, persuadée qu'un tel adage vous épargnait la lecture des trois quarts de la littérature mondiale ; tu le sais, ça, mon petit Camélia ? » — et Camille redoublait de sanglots parce que le tendre surnom dont usait sa mère lui rappelait l'héroïne de Dumas, autre célèbre double d'elle, bien que parmi toutes les versions fictives de sa propre mort d'amour, elle eût un peu de mal à s'imaginer partant de la poitrine depuis qu'elle avait eu le B.C.G. Mais généralement, elle n'a aucune peine à se reconnaître dans les histoires les plus anciennes, dans l'Histoire la plus reculée, à se voir vivre et mourir à des époques où pourtant elle n'était pas née, à s'adapter à tous les âges — tous les siècles se valent, de toute façon. Et puis d'ailleurs, si, elle était née : elle vient au monde chaque fois qu'un récit commence — un vrai beau récit de gloire et de passion, s'entend, pas l'une de ces grandes fresques où la violence vient plus des armes que du cœur, et où les hommes s'entre-tuent sans même une pensée pour leur dame, pas non plus les lentes rédactions sur le désert, la pampa, les abeilles ou les kangourous, ni les dissertations philosophico-politiques qui analysent le passé et prévoient l'avenir dans l'intention de changer le monde — Camille ne veut pas changer le monde, elle veut seulement le connaître. Et ce sont les livres qui le lui permettent : ils lui donnent la vie, leurs incipit sont des faire-part de naissance : « La magnificence et la galanterie n'ont jamais paru en France avec tant d'éclat que dans les dernières années du règne de Henri Second. Ce prince était galant, bien fait et amoureux. » « Le 15 septembre 1840, vers six heures du matin, le Ville-de-Montereau, près de partir, fumait à gros bouillons devant le quai Saint-Bernard. » « Moi, de toute façon, je n'ai jamais souffert… » : il n'en faut pas plus pour l'embarquer vers une vie nouvelle jusqu'à ce que mort s'ensuive ; dans les romans, elle n'a pas peur de mourir, à chaque lecture elle ressuscite, voire au détour d'une simple phrase. Elle a en mémoire des centaines de citations, sorte d'exergues aux multiples chapitres de sa vie vécue et à vivre : « Leurs yeux se rencontrèrent », « J'aimais, Seigneur, j'aimais, je voulais être aimée »,

« Et soudain les pigeons ont chanté sous le toit »... Elle s'émerveille que le livre de son existence ait été si bien écrit déjà, que ce soit si juste, si conforme à ses émotions, si fidèle à sa vérité. Chaque journée qui commence est vierge comme la page blanche, mais Camille n'en éprouve aucun vertige : elle n'est pas l'auteur, elle est le lecteur ; elle n'est pas l'écrivain, elle est le personnage. Sentiments et événements vont s'inscrire sur cette étendue vide — espace et temps solidaires —, mais en palimpseste : tout est dit, il n'y a qu'à le redire, tout est vécu, il n'y a qu'à le revivre.

C'est dans cet état d'esprit que Camille, allongée sur sa serviette, cherche une ouverture vers Jacques. Elle n'est pas dépourvue d'angoisse, et cela ne doit pas surprendre. Que les livres racontent sa vie, c'est une chose. Que ses nègres soient Eschyle ou Flaubert, soit : tout cela devrait la rassurer. Mais même s'il n'y a qu'à relire sa vie pour la vivre, encore faut-il ne pas se tromper de page. Dans la masse touffue des œuvres gît certainement l'histoire des heures qui vont suivre. Mais où ? L'épigraphe y est inscrite, le premier mot, la première phrase. C'est peut-être : « Où vas-tu t'engager, et quel est ton espoir ? Ne donne point un cœur qu'on ne peut recevoir » ? Mais ce serait bien triste, pour un début.

PHRASE

Ils sont allongés au bord de l'eau, lui sur le dos, elle sur le ventre ; on leur a ordonné de ne pas bouger, on attend que le soleil décline d'un ou deux degrés avant de refaire une prise. Ils ne parlent pas. Camille sent le temps passer comme une énorme moissonneuse-batteuse qui tourne à vide dans le champ du possible. Elle distingue au loin le bruit de la mer, auquel répond en écho, derrière les murs, l'appel à la prière : quel sentiment de puissance on doit avoir lorsque du haut d'une tour on impose sa voix nuit et jour, on force le monde à entendre ! Elle se tait, elle se demande quoi faire, pas maintenant — de toute évidence il faut renoncer au présent — mais plus tard, dès qu'une occasion se présentera. Or, elle a beau feuilleter les pages de sa mémoire livresque, elle ne trouve rien qui puisse convenir, aucune scène vraiment adaptée à la circonstance. Dans la chambre obscure où se succèdent les images virtuelles de son existence, elle ne voit aucun plan qu'elle puisse rejouer, aucun remake possible : c'est que tous les romans

— ceux qu'elle a lus, en tout cas, mais peut-être la solution est-elle écrite ailleurs —, tous les romans font preuve d'un conformisme effarant en matière de rencontres, de passage à l'acte, au point que là, soudain, elle doute, elle se demande si la vie réelle ne représente pas comme une sorte d'avant-garde des livres, inexprimable, éternel point de fuite vers lequel ils courraient. Pour être honnête, il faudrait inventer sa propre existence, sauter dans le vide, écrire la page encore vierge du jour ; il faudrait renverser le cours de l'histoire, cesser de rejouer le passé et devenir la matière de l'avenir. Mais elle ne peut pas, elle a besoin de repères, besoin que les événements aient déjà été décrits et les sentiments mis à l'épreuve, éprouvés. Les livres sont des amers pour sa vie, elle ne sait pas nager sans eux, sans eux elle se noie. Cependant, l'océan est parfois déchaîné — alors elle perd de vue et la grève et les bouées. Que faire quand on aime — car elle l'aime, autant le dire tout de suite, elle aime Jacques — et qu'on ignore ce qu'éprouve l'Autre, cet étranger, cet inconnu ? Rien, répondent tous les livres qu'elle a lus, rien, sinon attendre qu'Il se décide, en accélérant au mieux la manœuvre par des regards de séduction et des sous-entendus légers dans la conversation. Mais elle a déjà essayé, ça n'a rien donné : Jacques ne relève pas ses allusions, il fait semblant de rien, tel Hippolyte face à sa belle-mère — « J'ai langui, j'ai séché, dans les feux, dans les larmes. Il suffit de tes yeux pour t'en persuader, si tes yeux un moment pouvaient me regarder » — et Camille se souvient avec angoisse que Jacques aussi a deux ans de moins qu'elle. Ces vers de *Phèdre*, malgré tout, la tentent : ce serait une belle entrée en matière, un cri spontané, déchirant, qui l'obligerait à prendre parti... D'un autre côté, on connaît la suite... Ce n'est pas qu'elle se limite au happy end dans le choix de ses canevas, car le bonheur n'est pas digne d'une existence romanesque. Non, elle veut bien que ça se termine mal, simplement il faut que ça ait lieu, que les choses adviennent ; elle accepte que ça finisse mal, mais seulement à la fin. Et là, maintenant, elle ne supporterait pas l'affront d'un refus, ou, pire, l'injure d'une explication : qu'il lui réponde, par exemple, qu'il aime sa femme — on ne sait jamais : l'affreuse vérité lui aurait échappé, le beau Jacques est sensible et ne sent rien pour elle. Peut-être a-t-il un cœur facile à s'attendrir. Elle est le seul objet qu'il ne saurait souffrir, et elle se chargerait de le lui faire dire ? Non, c'est impossible, elle n'a pas le courage de prendre un tel risque, le rôle n'a pas été écrit pour elle, du moins pas pour ce moment de sa vie. Alors quoi ? Quelle phrase du Grand Rouleau lui est-elle destinée ? Où ? Comment ? Quand ? Camille interroge les livres comme d'autres les astres, les cartes ou le marc de café. À la manière des Anciens qui, dit-on, tiraient des oracles d'Homère en pointant le doigt sur une ligne au hasard, elle se poste parfois face à sa bibliothèque, ferme les yeux et choisit sans réfléchir un volume (c'est pourquoi elle a renoncé à tout système de rangement, elle met ses livres n'importe où au gré de ses lectures, les déplace, les repose, comme on bat les tarots de Marseille). Elle l'ouvre, désigne une ligne, la lit, l'interprète. La littérature est son astrologue personnel. « Tu connais l'histoire de ce type, lui a dit un jour Pierre, son mari, l'ayant surprise paupières closes en pythonisse devant ses étagères, de ce type qui voulait se suicider. Il grimpe sur un tabouret pour se pendre, mais crac, la corde casse. Le type n'en revient pas, il crie au miracle et, lui qui est athée, décide de se plonger dans la Bible, qu'il n'a jamais lue. Il l'ouvre au hasard et il lit : "Repens-toi." » Mais son mari tuerait père et mère pour un jeu de mots, il y a longtemps qu'elle n'y prête plus attention.

Le soleil lui serre la tête dans un étau de fer, elle a l'impression de s'évanouir. « On reprend, crie quelqu'un. Tout le monde à son poste. » Elle se redresse sur ses avant-bras et, juste avant de rouvrir son roman — elle doit jouer qu'elle lit, à l'écran ils auront l'air d'un couple désabusé —, elle se jette à l'eau : son sort va se décider en direct, à l'instant même. Elle avance un index tremblant vers la phrase qui doit guider sa route, et elle lit : « Au moment précis où dix heures sonneront, j'exécuterai ce que, pendant toute la journée, je me suis promis de faire ce soir, ou je monterai chez moi me brûler la cervelle. »

Et tandis que la caméra se met en marche, quelque chose s'ouvre dans son cœur, un soulagement infini l'envahit : A-GIR, voilà la clef fournie par ce « liseur » de Julien Sorel, son double fraternel. Elle tourne furtivement les yeux vers Jacques et, par-delà son visage renversé, vers le clap posé à terre au pied des lauriers, où s'étale en lettres blanches le titre du film : OZ. Elle sourit — les signes s'accumulent. Elle va donc oser, elle va donc agir. Hardi, Camille ! Mais comme il est déjà cinq heures et demie et qu'il n'y a pas une journée qu'elle y pense mais des semaines, elle se donne un mois. Un mois — pas une minute de plus. Quant au pistolet, si besoin était, elle le trouverait.

PLAN

Dans l'idéal, cela se passerait au bord de la mer — ou du moins à proximité. Soit par sa rumeur, soit par sa présence en arrière-fond, il serait bon que la mer fasse partie du plan. Non comme décor, bien sûr — évitons le cliché quel qu'il soit, chabadabada, les pas des amants désunis, tout le cirque. La mer comblerait le plan simplement parce qu'elle le symbolise secrètement tout en le rendant compréhensible à chacun. Elle a les propriétés du feu qui crépite dans la cheminée : elle fait surgir les images du passé, leur puissance fascinante. Personne ne peut rester longtemps seul près de la mer sans se rappeler. Le mugissement régulier du ressac enclenche la mémoire, devient sa rumeur même, si bien que lorsque nous portons à notre oreille un coquillage, c'est seulement l'écho de nos propres souvenirs que nous entendons, la rumeur bruissante de notre houle intérieure, amplifiée par la coque de nacre.

Oui, plutôt que cette piscine chlorée, la mer. Sa lenteur, sa patience, sa majesté, sa grandeur. La mer qu'aucun oubli n'ensable, qu'elle fasse résonner le bruit du temps, le désir des hommes. Qu'on comprenne bien, en voyant la mer, ici ou là à l'arrière-plan, le sens de l'histoire, sa vérité, sa trajectoire éternelle.

Q

Hélas !... je l'ai connu, cet amour, ce souverain des cœurs, cette âme de notre âme ; il ne m'a jamais valu qu'un baiser et vingt coups de pied au cul.

Voltaire

QUESTIONS

Ils ont fini par tourner quelques plans, puis tous les figurants sont partis. Ils doivent revenir après-demain, plus nombreux, pour « la scène de bal I ». Chacun a reçu des consignes précises — la virago mène son troupeau à la baguette ; elle ne se propose, semble-t-il, qu'un seul but dans la vie : avoir l'œil à tout (elle est bien secondée dans cette lourde tâche : il y a un monde fou au balcon). Elle a ordonné aux figurants d'arriver à six heures mardi soir avec leur tenue de soirée — smoking pour les hommes, robe longue pour les femmes, mais surtout-pas-dé-beige, Monsieur Fellini déteste lé bége. Accessoires et bijoux seront fournis par la costumière — se présenter à elle avec son numéro d'entrée, deuxième salon dans le hall à gauche. Passer d'abord au maquillage, les hommes aussi. Des questions ?

J'en aurais, moi, des questions. De ma chambre, je vois la mer et la grande mosquée d'Arziglia, très loin dans la brume. J'ai beau faire la fière, revenir ici, dans ce pays, ne me laisse pas insensible ; même si le tournage, heureusement, n'a pas lieu dans la même ville, on n'est guère à plus de cent kilomètres de *là-bas*. J'ai peur que tout ait changé, et en même temps je le souhaite : qu'il n'y ait plus que de la haine dans tous les regards, comme on en lisait à l'époque dans quelques-uns, au détour des rues, voilà ce que je souhaite. Quelque chose de plus fort que l'opportunisme d'Adi. De la violence pure, qui donne envie de s'en aller. Mais dans cet hôtel, bien sûr, rien ne filtre, que le bruit étouffé des vagues. C'est le lieu idéal pour tourner notre histoire, ce huis clos feutré quand la rage couve aux portes. Ce palace n'est d'ailleurs guère différent du consulat. Le taxi qui m'a amenée de la gare venait de *là-bas*, j'ai reconnu aussitôt la carrosserie bleu roi, la Simca 1000. Je l'ai interrogé ; il affirme que le consulat n'existe plus, que la propriété a été démolie, pas rouverte ailleurs, d'après lui : « Les Français, c'est fini », m'a-t-il dit. Ce que je me demande, c'est pourquoi le film s'appelle *Oz*. Si c'est le nom de la ville, comme je le suppose, pourquoi ne pas avoir gardé le vrai — celui du livre : Ouarzane, qui permet le jeu de mots dont les personnages se repaissent régulièrement quand l'ennui les mord : Ouarzane et mourir ? — on ne saurait mieux créer le climat, pour quelqu'un qui aime les ambiances. Tandis qu'*Oz*, vraiment, je ne vois pas : une référence au magicien ? Un souci d'exotisme ? Pour l'instant, beaucoup de choses m'échappent, dans tous les sens du terme.

Tout à l'heure, je suis descendue faire mes repérages dans l'hôtel — je dois penser d'abord à mon scénario personnel ; le passé ne m'appartient plus, c'est entendu, mais l'avenir… L'hôtel est immense, c'est un ancien palais du XIXᵉ siècle, encore très luxueux, avec juste le degré d'abandon nécessaire à sa poésie. Je suis logée dans l'aile ancienne, heureusement, car les bâtiments neufs manquent de charme. Les acteurs y sont pourtant installés, sans doute en raison du confort. En visitant les salons ouverts au public, j'ai débouché sur une vaste salle parquetée où s'activaient des techniciens. La « scène de bal I » aura lieu là, vraisemblablement. Ce pourrait être splendide, avec un peu de talent. Quand je suis repassée devant le bar, Fellini y buvait un verre — un *Pink Future*, d'après la couleur. Il parlait en italien avec un gros poussah dédaigneux, je n'ai rien compris, c'est incroyable comme cette langue est rapide, on dirait que les mots se poussent les uns les autres. Après un instant d'hésitation, je me suis assise de biais à deux tabourets de lui, c'était un peu risqué mais, comme je m'y attendais, il ne m'a pas reconnue ! C'est le genre d'homme qui se croit toujours regardé, donc il ne regarde personne ; pour lui les feux de la rampe ne s'éteignent jamais. Un prédateur, un vrai, qui ne cède rien, à qui est inconnue la notion même d'échange, fût-ce d'un regard. À moins d'être très belle, peut-être, et encore… : son horizon se situe plutôt en dessous du menton. Moi, en plus de mes lunettes et de mon chignon, j'ai peu d'avantages à mettre en avant, je manque de pulpe

(« Ne dis pas de mal de Castor et Pollux, s'offusquait Jacques, je les aime, moi, ces petits » — ce qu'il pouvait être gentil, parfois). Adi m'a fait un clin d'œil ironique en me désignant le cinéaste d'un mouvement de tête : « Alors, l'auteur ? » J'ai souri d'un air complice en mettant un doigt sur ma bouche, chut. Il vaut beaucoup mieux entretenir la fable du reportage journalistique incognito, elle me laissera les coudées plus franches. De toute façon, il aurait suffi à Fellini de consulter la liste à la réception pour savoir que j'étais là ; il n'a pas daigné s'en informer, sans doute soucieux de demeurer seul maître à bord. Feignons de lui laisser le rôle. J'ai demandé où étaient les toilettes, Adi m'a expliqué, et au moment où je repassais devant Fellini, j'ai surpris cette phrase incroyable — j'ai peut-être rêvé, mais il me semble pourtant avoir entendu, noyé dans le flot de paroles et la fumée des havanes : « Si, si, sono Djack. »

Aiuto ! Aiuto ! Jacques, c'est vrai, tu sais : j'ai toujours préféré les bruns. Gassman ou Mastroianni, jeunes, j'aurais adoré. Ou même Delon, à cause de ses yeux. Mais trop, c'est trop. Moi en déesse frileuse et mamelue, passe encore. Mais toi en bellâtre latino-quadragénaire, ça dépasse l'imagination. Car ce qui reste à ton personnage, malgré tout, même si tout a pourri de l'intérieur, c'est tout de même la jeunesse. Et puis cette élégance presque féminine que n'auront jamais les gorilles velus, fussent-ils relookés par Gucci. D'un autre côté, toi, tu t'en fiches : la trahison, tu connais. Et moi aussi, dans le fond, puisque j'écris. Je m'y habitue mal, pourtant ; qu'elle vienne de Pierre, Paul ou... Djack, elle a toujours le même goût amer. Enfin la coupe est pleine avant même que rien n'ait commencé. Décidément, je suis perdue dans ma propre histoire : « Toute ressemblance avec le roman ayant inspiré ce film serait pure coïncidence » — sans parler de la vie.

Je n'étais pas remontée dans ma chambre depuis cinq minutes que j'ai entendu un bruit bizarre dans la chambre voisine — une espèce de mélopée assez lente au début, dont le texte m'a paru familier sans que je puisse vraiment l'identifier, débitée en français par une voix d'homme, une sorte de prière psalmodiée, dont la cadence s'est peu à peu accélérée comme si quelqu'un récitait le Notre Père en fendant du bois. J'ai d'abord essayé d'en apprendre davantage en collant un verre contre la paroi, mais ces vieux murs sont épais, je n'ai saisi que quelques mots, alors j'ai abandonné. Un quart d'heure plus tard, la porte s'est ouverte, je me suis précipitée au judas et j'ai vu passer un petit gamin de dix-douze ans, un de ces ouistitis mogdouliens qui pullulent en ville. Ça m'a étonnée parce que je croyais l'hôtel réquisitionné pour le tournage. Je suis sortie sur ses pas, je l'ai suivi. Il est allé droit au bar, d'où Adi l'a chassé aussitôt avec de grands gestes furieux, « ça réussit à s'introduire jusqu'ici pour mendier ou faucher tout ce qui se présente, a-t-il dit lorsqu'il m'a aperçue. Saleté de gosses ! Enfin, faut comprendre, hein, tout le monde a le droit de manger. Vous pouvez le mettre dans votre journal, ça : la Mogdoulie, c'est pas un cinq étoiles. Ah ! tiens, a-t-il enchaîné, vous allez pouvoir interroger un figurant, si vous voulez. Voilà Henriot qui vient prendre son *Dark Blue Wave* ». J'ai tourné la tête et j'ai regardé Henriot arriver par l'allée centrale, celle qui part du hall. Il marchait lentement, précédé par un air d'importance, comme si l'on déroulait sous ses pieds avec une hâte tardive le tapis rouge indispensable à sa déambulation quotidienne. « Et comment va ce brave Adi ? » a-t-il articulé tout en me jetant un regard d'une extraordinaire acuité, mais furtif, aussitôt détourné. Pendant que le barman effectuait les présentations, j'ai eu l'œil attiré par un livre qui dépassait de la poche d'Henriot — il portait une veste grise entièrement boutonnée sur un début d'embonpoint —, c'est une déformation professionnelle, je ne peux pas apercevoir la couverture d'un livre sans chercher à en connaître le titre. Dès que j'en ai eu l'occasion — « *L'Avenir*, oui, une nouvelle revue de cinéma —, j'ai mieux regardé : c'était le Coran, dans la traduction de Denise Masson — et soudain le souvenir m'est revenu. Je n'étais pas en poste depuis très longtemps, j'avais organisé une conférence à la bibliothèque du consulat ; Jacques m'adressait de petits signes d'encouragement tandis que sur l'estrade, à côté de la déjà très âgée et tremblotante et fascinante Denise Masson, je m'efforçais, agrippée à la carafe d'eau, de tenir mon rôle d'interlocutrice avisée, et tout à coup, pendant qu'elle lisait en arabe puis en français les derniers versets du Coran, j'ai vu passer dans les yeux de

Jacques une ombre de chagrin, une souffrance — mais dure, compacte, comme solidifiée par les années. Je l'ai vue, puis je l'ai oubliée, je me sentais tellement aimée, à ce moment-là. Les versets disaient :

Louange à Dieu
Il ne s'est pas donné de fils
Il n'a pas d'associé en la royauté
Il n'a pas besoin de protecteur
Pour le défendre contre l'humiliation

Depuis, j'ai appris ce qui troublait tant Jacques, et quels mots lui étaient pénibles à entendre. « Moi, je n'ai jamais souffert », voilà une phrase que lui n'aurait jamais dite, même si ensuite... Mais tout cela n'explique pas ce que trafique Henriot à l'Hôtel du Sud, à lire le Coran dans le secret d'une chambre. Des leçons *particulières*, sans doute ?

R

Un courant d'air frais passait.

G. Flaubert

RÉALITÉ

Camille n'en peut plus. Elle ne supporte pas le travail avec Henriot, qui semble faire exprès de les séparer, Jacques et elle. Pour la rédaction du manuel, il a divisé l'équipe en trois groupes, elle a écopé de ce qui l'intéresse le moins — le chapitre sur le réalisme, auquel participe Henriot, bien sûr — et elle ne voit Jacques que de biais, par moments, elle l'entend rire avec cette gourde de Nadia, son regard n'a pas croisé le sien depuis le début de la séance. Heureusement, les cours de l'après-midi sont supprimés, les étudiants mogdouliens sont en grève, c'est la deuxième fois ce mois-ci ; ce matin, elle a traversé le campus entre deux haies de banderoles mugissantes, elle n'a pas bien compris le mot d'ordre, la politique ne l'intéresse pas, de toute façon, et puis à l'étranger il y a le devoir de réserve, alors elle se réserve.

Peut-être iront-ils boire un verre à la cafétéria, tout à l'heure. Elle ne pourra pas faire grand-chose parce que les autres viendront aussi, mais elle l'aura sous les yeux, elle écoutera la moindre de ses paroles, enfin il sera là. Ce qui est insupportable, c'est l'ailleurs : les soirs, les nuits, quand il rentre chez lui, les jours fériés, les dimanches, les déplacements, les vacances, quand elle le croise en voiture dans la rue, qu'il décroît dans son rétroviseur et qu'elle ne sait pas où il va. Qu'il soit avec sa femme (ou elle avec son mari) ne constitue pas une douleur supplémentaire, du moment qu'elle le voit. Les yeux exercent un contrôle permanent qui adoucit la souffrance d'amour, et l'angoisse ne revient vraiment qu'avec l'absence. Loin des yeux, près du cœur. Bien sûr, la douleur se réveillerait s'il prenait la main de sa femme ou qu'il l'enlace, mais ça n'arrive jamais — il l'a fait quelquefois, l'année dernière, chez des amis communs, mais il ne le fait plus. Simplement, il y a quinze jours, elle était au théâtre avec Pierre, et Jacques était assis quelques rangs devant eux à côté de sa femme — Camille suivait la pièce avec le sentiment d'apaisement que lui procurait sa ligne de mire, et pour un peu elle se fût gaussée de l'étroitesse de son crâne, de la maigreur de sa nuque façon cou de poulet, lorsque, tout à coup, elle a remarqué la coiffure assez compliquée de sa femme, plusieurs nattes relevées en chignon sur le dessus de la tête, et il lui est apparu comme une fulgurante évidence qu'elle n'avait pas pu se coiffer seule, qu'il avait dû l'aider, à moins qu'elle ne soit allée chez le coiffeur, mais c'était peu probable car elle-même y avait passé trois heures l'après-midi, or elles ont le même coiffeur, ou alors sa bonne, non, sa bonne ne vient jamais le samedi, il l'a donc aidée, il a tordu dans ses mains la masse lourde de ses cheveux, il a mis les épingles, arrangé les mèches rebelles, et c'est une torture incomparablement plus grande de se le représenter fixant d'un spray de laque voluptueux le chignon de sa femme que si elle les voyait, tout à l'heure à l'entracte, forniquer comme des bêtes dans les toilettes du Palace Théâtre, qui fait aussi cinéma, tant il est vrai que les images réelles nous appartiennent, tandis que nous n'avons aucune prise sur la réalité que nous imaginons, et que le tournage mental qui double en continu celui qu'effectuent nos yeux laisse en nous des impressions beaucoup plus fortes, car nous sommes des cinéastes autrement plus inventifs que la réalité.

— Moi, je veux bien, siffle Henriot, mais tu crois que ce bon Balzac allait souvent au cinéma ? Non mais franchement, Camille, secoue-toi un peu : tu es là à bayer aux corneilles, puis tu nous sors un truc qui tombe de la lune en parlant comme le petit Proust. C'est absolument ridicule. Je vais te donner un conseil, ma chère. Il s'est approché de Camille et lui a soufflé au visage les effluves de ce que ce bon Balzac appelle « une haleine virile » — un mélange d'ail et de dents cariées à vous dégoûter du siècle romantique :

— Il faut devenir res-pon-sa-ble. Il faut abandonner l'enfant qui est en toi. Tu vois ?

Elle voit. Lui, Henriot, en tout cas, tout catho qu'il soit, il y a longtemps qu'il a abandonné le sien sur le parvis de la première église venue, à supposer qu'il ne l'ait pas étouffé dans l'œuf. Elle voit aussi que Jacques n'est plus dans le champ — il a disparu, elle ne le situe plus.

REMAKE

Ils sont partis toute la journée dans le Grand Sud tourner l'épisode de l'accident, quand nous avions planté la Jeep du consul. Impossible de sortir du sable. J'ai bien cru que c'était fini, ce jour-là, et ç'aurait peut-être été préférable, dans le fond. Je ne les ai pas accompagnés parce que j'aurais été obligée de me dévoiler, ce qui ne présente que des inconvénients. En outre, il paraît que la Stasetti est habillée en total look par Ralph Lauren : le ton est donné, pas besoin d'en voir davantage.

Moi, je n'étais qu'une petite bibliothécaire consulaire, pas trop mal payée, certes, mais sans plus : nous ne tournions pas un film de Marguerite Duras ! J'avais demandé ce poste pour quitter la France — on a toujours une bonne raison de partir — et puis les archives, les vieux grimoires, la Mogdoulie, ça m'intéressait, ça me faisait rêver. Je pensais aussi que j'y renouvellerais mon inspiration (on peut dire que je ne me trompais pas...). J'avais déjà publié un roman, mais confidentiellement et sous un nom de plume. De toute façon, personne ne connaissait et je n'en avais parlé qu'à Jacques, après l'épisode de la lettre, pour achever de le séduire. C'est lui qui a vendu la mèche, un soir, auprès du consul et de sa femme, que nous nommions entre nous la consulette, parce qu'elle était entre la pendule et la console : elle meublait. Un mois après cette révélation, la consulette, qui revenait d'un voyage à Paris, m'appelle dans son bureau et s'écrie avec enthousiasme : « Vous savez, Laurence, j'ai vu votre livre à Paris (*vu*, pas *lu*, il ne faut pas aller trop loin dans les relations subalternes), ça m'a paru très très bien, d'ailleurs ma fille l'a acheté, oui, elle était avec moi à la librairie, elle l'a feuilleté, ça lui a tout de suite plu parce qu'il y a un personnage qui s'appelle Lise, dans votre roman, n'est-ce pas, et que ma fille *s'appelle* Lise — ma fille aînée, vous savez, celle qui doit épouser le comte de La Trémoille. Oui, donc, elle l'a acheté et, bon, ça m'a l'air bien, vraiment. Oh ! Il y a une phrase, surtout, que j'ai a-do-rée, attendez, qu'est-ce que c'est déjà ? Vous ne voyez pas ? (non, je ne vois pas, je ne connais pas les goûts de Madame en matière de phrases) Oh ! c'est trop bête, je l'ai sur le bout de la langue — une phrase formidable, plutôt au début… Il y a le mot "vie", le mot… Ah ! tant pis. Ça me reviendra. » (Une histoire de boomerang, sans doute. Moi, ça m'était déjà revenu — au plexus : sa phrase préférée, c'était l'épigraphe du roman, et elle était de Jean-René Huguenin.)

Jacques était attaché consulaire depuis un an déjà quand je suis arrivée. La première fois que je l'ai vu, il jouait au tennis avec la cadette du patron, une petite brune écervelée qui, à l'époque, hésitait à se fiancer avec un Brésilien danseur de samba pour embêter papa ou avec le fils des champagnes Krüger pour contenter maman (depuis, elle a tout concilié en épousant un magnat du café). Je me promenais dans le parc de la résidence, encore toute chiffonnée par le voyage, et je suis tombée sur eux. Jacques m'a tout de suite énervée parce que chaque fois que sa partenaire loupait une balle, c'est-à-dire deux fois sur trois, il s'écriait d'une voix navrée : Dommage ! alors que bon, quand on rate quelque chose, c'est souvent dommage, et j'ai horreur des pléonasmes. Il m'a tout de suite plu, en même temps, malgré son côté frivole, papillonnant, ou peut-être à cause de cela, justement : les papillons donnent au chasseur l'envie de les crucifier sur un morceau de carton, une épingle dans chaque aile, afin d'en admirer à loisir les couleurs. Il était très beau. Si j'avais osé, j'aurais posé aussitôt la main sur lui. Mais pour l'amener dans mes filets, je n'avais pas énormément d'atouts ; disons que j'étais plutôt effacée, discrète (« Ah ! voilà la Discrète », s'exclamait le consul qui ne se souvenait jamais de mon nom), je ne savais pas m'arranger. (« Si seulement tu savais t'arranger », se lamentait ma mère, qui tenait jadis un magasin et avait fini par considérer tous les gens comme des vitrines d'eux-mêmes — ma *pauvre* mère... mais voilà que je me prends pour Henriot !). C'est pourquoi je n'aurais jamais osé attaquer directement, j'avais trop de rivales plus belles que moi. Je possédais une arme, pourtant, une arme offensive en laquelle je commençais à avoir confiance : les mots écrits, l'écriture. J'écrivais.

On peut séduire n'importe qui avec des mots tracés pour lui sur une feuille de papier. C'est un pouvoir extraordinaire, phénoménal, monstrueux, quoique peu usité : la lettre d'amour est d'une efficacité redoutable, mais méconnue. Que le destinataire ait ou non avec eux une grande familiarité, qu'il soit un esprit complexe ou un cœur simple, les mots l'atteignent, les mots touchent. Pourquoi ? Je ne sais pas au juste. Peut-être sont-ils pleins non seulement du temps passé à les former sur la page, mais aussi du temps traversé depuis des siècles pour arriver jusque-là, entre les mains de celui qui maintenant les lit. Les mots écrits ont une mémoire, ils sont chargés d'histoires, comme s'ils commençaient tous par « Il était une fois... ». « Ça m'a beaucoup troublé », a dit Jacques. Oui, les mots nous troublent comme le sillage d'un poisson l'eau d'un étang. Ils sont ces carpes centenaires dont parle Apollinaire :

Dans nos viviers, dans nos étangs,
Carpes, que vous vivez longtemps !
Est-ce que la mort vous oublie
Poissons de la mélancolie ?

Les mots les plus apparemment tapis remuent ce limon dont ils sont faits, toutes ces couches accumulées au fil des temps. Ils agitent en nous ce temps si envasé que nous n'y songions plus. Ils contiennent la totalité du temps, car ils projettent aussi sur la blancheur présente un dessein visible, un nouveau conte ; toute lettre d'amour est un calligramme de l'avenir. Ils touchent encore par leur humilité : ils rompent le silence, mais ils le rompent, si l'on peut dire, en silence ; c'est une déclaration muette, un peu comme celle des yeux, mais plus courageuse car concrète, tangible : on peut relire les mots d'amour, les exhiber, les publier, tandis qu'un regard ne laisse pas de traces, on n'est jamais sûr d'avoir bien lu.

Cependant, la séduction par lettre comporte certains écueils. Car, bien que les mots semblent une sorte de sécrétion physiologique assez pareille aux larmes, aussi impossible à canaliser — « Je ne peux plus me taire, il faut que je vous l'écrive : je vous aime » (comparaison qui frise la supercherie : on n'éclate pas en mots comme on fond en larmes… Vous avez déjà essayé d'écrire en pleurant ?), bien que les mots, avec leurs courbes, leurs pleins, leurs déliés, aient quelque chose de palpable qui les apparente à de la chair, ils n'en restent pas moins les messagers de l'absence : quand le destinataire prend connaissance de votre lettre, par définition vous n'êtes pas là (l'idéal, au fond, serait de donner sa lettre d'amour et de rester sur place pendant que l'autre la lit, mais c'est d'une indécence folle — autant arriver avec un flacon de pleurs et lui en verser sur les mains !). Non, en général, vous êtes ailleurs, donc vous ne recueillez pas les fruits immédiats de l'émotion suscitée. Il faudrait une articulation directe entre les mots et le corps, que les uns ne soient pas seulement la trace de l'autre, une bave d'escargot. Or si les mots vous touchent, à l'inverse vous ne pouvez pas toucher les mots. Aucun mot ne tient lieu de corps. D'un autre côté, on ne peut pas les repousser non plus, sauf cas extrêmes, lorsqu'on vous renvoie votre lettre pas décachetée, et alors rien n'est pire, c'est la manifestation la plus violente du dégoût ; qu'on refuse votre odeur, votre visage, votre haleine, qu'on n'aime pas votre voix, votre silhouette, passe... mais vos mots ! Être raturée, être la mention inutile rageusement biffée en bas de page, c'est inhumain, je me souviens.

Mais avec Jacques, l'effet a été foudroyant, il a été conquis sur-le-champ, terrassé. « C'est la plus belle lettre que j'aie jamais reçue », m'a-t-il dit — il en avait donc reçu d'autres ? Quoi qu'il ait prétendu ensuite, je crois que j'aurais pu être très laide, ça n'aurait rien changé, mes mots lui sont entrés dans le corps comme des flèches. Les mots d'Amour.

Si c'était à refaire, pourtant... Mais c'est à refaire, justement ! Demain, grande scène du bal : je m'offre un remake. Fellini lui-même a bien dû nous concocter quelques arrangements de sa façon, rajouter une pincée d'exotisme, un soupçon d'érotisme : tomber amoureux en lisant une lettre ne doit pas lui paraître très viril, ni cinématographiquement très porteur. Il a raison, d'ailleurs. Le souvenir que j'en garde est plutôt ridicule : lui tâtant d'une main hésitante la poche de son smoking où j'avais glissé la lettre, moi m'enfuyant dans les escaliers telle Cendrillon qui craint de rater la dernière levée. Et gros plan sur la missive à l'écriture tremblée, que j'ai reproduite in extenso dans mon roman, malgré les pressions (« Ce document a été saisi par la Justice. C'est une pièce à conviction », répétait Maître Ancelot en tapant du doigt sur la table. Oui, Maître, en effet, elle a naguère emporté la conviction du destinataire. C'est de fait une pièce très convaincante : une preuve écrite d'amour.)

Demain, je vais procéder autrement. La distance qu'établissent les mots est trop grande pour moi désormais, c'est un abîme dont je ne pourrais escalader les flancs, d'autant que Jacques, ce Jacques-là, n'y attache aucune importance. Oh ! j'y parviendrais sans doute, j'ai du savoir-faire ; mais le temps me manque pour *correspondre*, il me faut du répondant immédiat. J'ai d'ailleurs peine à l'imaginer s'émouvant de mon message, à supposer même que j'en change les termes pour les adapter à lui, à son illettrisme : celui-qui-n'a-jamais-souffert ne connaît ni la torture des mots ni leurs caresses, il les maintient toujours à une telle distance qu'il en efface jusqu'à l'impression, et il serait aussi comique qu'un presbyte déchiffrant un billet doux, bras tendus devant lui, tête en arrière et sourcils froncés comme s'il cherchait un nom dans le bottin. Le navet assuré. Non, il faut trouver autre chose.

En outre, il y a le problème des *autres* : les « conjoints », comme dit Adi. (Car la scène du bal nécessite un nombre important de figurants, je suppose.) Que celui de la fille soit là, voilà qui m'arrangerait plutôt — mais d'après ce qu'a laissé entendre Henriot, il ne s'est pas présenté au casting (« Ce pauvre Pierre est un peu ours, et puis il bûche sa thèse. ») La femme de Jacques, en revanche, constitue un élément extrêmement gênant..., si elle vient, ce qui m'étonnerait — une intuition. D'un autre côté, je peux toujours changer de rivale ! Quoi qu'il en soit, je verrai : « L'intelligence, c'est savoir s'adapter », a dit... je ne sais plus qui.

RENCONTRE

Camille attend Jacques à la porte du jardin. Il est cinq heures, il fait assez froid, mais elle a préféré sortir pour l'attendre — inutile qu'il rencontre Pierre aujourd'hui. Elle a jeté sur sa robe du soir un châle blanc qui ne suffit ni à la réchauffer ni à la soustraire aux regards profonds des passants. « T'es belle, lui souffle un jeune homme aux yeux troublés par le kif, tu veux ? » Elle fait comme d'habitude — semblant d'être sourde, elle se change en statue de marbre, en palmier nain, elle se fond dans le décor. « Beauty, insiste-t-il, come ? », elle guette le coin de la rue où le soleil poudroie, il avance de quelques pas sur le trottoir, toujours retourné, il rôde, il stagne, il espère, mais il n'ose rien, heureusement ils n'osent jamais.

Quand Jacques débouche dans son champ de vision, elle remarque immédiatement qu'il est seul — merci, mon Dieu, mais Dieu n'a rien à voir là-dedans, c'est Jacques qui a tout manigancé, il s'est arrangé pour, sûrement, une dispute, un prétexte de dernière minute, elle exulte.

Il lui ouvre la portière de l'intérieur en se couchant presque sur le siège. Bonjour, dit-elle, virgule, la galanterie n'a jamais paru avec si peu d'éclat que dans les dernières années du XXe siècle. Elle relève le bas de sa robe d'une main délicate et s'assied gracieusement comme elle l'a vu faire à la princesse de Galles en visite eurodiffusée à Windsor et à la princesse de Clèves en soirée privée chez Henri le Second. Jacques porte un smoking noir dont l'odeur de naphtaline lutte pied à pied avec le vétiver dont il s'est aspergé.

— Ça va ? Je ne suis pas trop en retard ?

— Non non, c'est moi qui suis en avance, dit-elle sans réfléchir — parfois elle se collerait des claques. Ta femme n'est pas là, virgule (on dirait, espèce d'abrutie !)

— Non. Au moment de partir, elle s'est sentie mal, et comme la soirée promet d'être longue, elle a préféré rester.

— Oui. Elle a bien fait, virgule, tu as bien fait.

Jacques embraye, ses doigts se crispent sur le levier de vitesse, une veine saille sur le dos de sa main, presque transparente. De l'autre côté de la vitre, ses yeux rencontrent un regard fixe, de haine ou de désir déçu ?, elle l'ignore, de toute façon c'est pareil.

Il pourrait se passer quelque chose, là, maintenant, dans la voiture. L'hôtel est assez éloigné, il faut rouler jusqu'à la mer, puis longer un long moment la côte. Elle pourrait lui prendre la main avant le rond-point de la corniche, ou avant que le muezzin n'appelle à la prière — je t'en supplie,

Jacques, écoute-moi. Elle pourrait tout lui raconter, comment a commencé cet amour, ce qui le nourrit chaque jour davantage, et qu'elle sent tout son corps et transir et brûler. Il pourrait répondre que lui aussi, que d'ailleurs il a tout fait pour se trouver seul avec elle, qu'elle est l'unique objet de toutes ses pensées — Oui, Camille, il est vrai, je pleure, je soupire. Il pourrait diriger la voiture vers un endroit tranquille et lui faire l'amour comme un dieu, comme Zeus à Alcmène, Hercule à Omphale, Ur à Mimin, ils iraient au bout de la passion comme Tristan et Yseult, Roméo et Juliette, Daphnis et Chloé, Philémon et Baucis, tout simplement sur la banquette arrière dissimulée par des pare-soleil comme dans les romans américains, Philippe Djian, *Madame Bovary*. Et la mer aurait l'ardeur de l'amour. Mais Camille hésite. D'abord elle craint que la surprise du conducteur, son émotion ne lui fassent perdre le contrôle du véhicule et de la situation ; or, à moins que les personnages ne soient déjà amants, l'accident a, dans les romans, un faible coefficient dramatique. Autant qu'elle sache, il est plutôt prétexte à de longues réminiscences, à de douloureux flash-back en fondu enchaîné. Et elle, ce qui l'intéresse, c'est l'avenir. D'autre part, même si Jacques maîtrise parfaitement le trouble qui s'élève en son âme éperdue, il y a un autre obstacle au bon déroulement de leur passion : c'est qu'un endroit tranquille, en Mogdoulie, ça n'existe pas — même au désert, et il n'est pas question d'aller si loin, d'autant que ces récits-là — les dunes, les scarabées, les vents de sable —, elle n'apprécie guère.

Jacques se gare sur le parking de l'hôtel où les voitures arrivent sans discontinuer. Ils gravissent ensemble les marches monumentales et il semble à Camille que la foule qui se presse dans le hall va servir de toile de fond à leur couple : ces visages, dont beaucoup lui sont familiers — des épouses de coopérants, pour la plupart —, figureront avec un talent inégal le monde où évolue nécessairement tout amour mais dont, aussi, il reste toujours séparé. Ces mêmes visages, pour le moment, se prêtent au maquillage, acceptent le mirage des poudres et des fards. Les hommes sont emmenés dans trois des multiples petits salons où se tenaient naguère, derrière les moucharabiehs, les élues du harem — Camille a lu *Les Mille et Une Nuits*, ainsi que *Les Mystères du Palais Sâdi, histoire merveilleuse de l'Hôtel du Sud*, du grand orientaliste Gustave Crémieux, elle connaît les moindres recoins de l'endroit, les niches à poison, les alcôves à aphrodisiaques dissimulées par les tentures, toutes les anecdotes, les assassinats, les médisances, les trahisons. Dans la salle réservée aux femmes, coiffeuses et maquilleuses s'affairent, et l'idée qui prévaut de bouche en bouche tandis que les figurantes en attente observent celles qui sont déjà assises face au miroir, le sentiment unanime est que, de nos jours, avec le make-up moderne, les correcteurs de teint, les mascaras volumateurs, les gloss glamour, les crayons haute définition et les rouleaux chauffants, on fait vraiment, « non mais si tu avais vu la mocheté, au départ ! », on-fait-vraiment-des-miracles, « il faut le temps, remarque ». Camille regarde du côté que lui indique la mère Henriot, « ah ! bon ? », virgule, alors tu as bien fait d'arriver en avance.

Assise de dos à droite de l'entrée, vêtue d'une robe de mousseline bleue vaporeuse, se trouve une jeune femme blonde que Camille n'a jamais vue nulle part dans la ville ; elle tient sur ses genoux un petit cahier noir. Sa tête s'orne de gros bigoudis métalliques, mais son visage dégage une espèce de lumière rayonnante comme celle du bonheur. Lorsque Camille s'attarde sur le reflet que lui renvoie le miroir, ses yeux rencontrent ceux de la mystérieuse inconnue. Elle y lit — ou croit y lire — un sentiment qu'elle ne peut définir qu'en l'opposant exactement à celui qu'exprimait le regard du jeune dragueur tout à l'heure : une lueur assez incompréhensible de pur triomphe.

REPRODUCTION

J'ai gardé deux heures les bigoudis sur la tête, mais je ne le regrette pas : le résultat est éblouissant, au-delà de toutes mes espérances. Je savais qu'en remplaçant mes lunettes par des lentilles, en dénouant mes cheveux et en me soumettant au maquillage excessif des grands soirs, je parviendrais à être belle. C'était un jeu qui m'amusait, autrefois — et puis les déguisements, les chapeaux, les voilettes. Mais je craignais d'avoir trop vieilli, et que les marques du passé soient inscrites sur mon visage. Il n'en est rien et, pour tout dire, j'ai l'air de n'avoir jamais souffert !

J'appréhendais un peu lorsque je me suis présentée dans le salon, mêlée à un groupe de figurantes. Mais on m'a juste demandé mon jeton numéroté. Nous avons attendu quelques minutes, puis la virago — celle que j'appelle à part moi 105D, faute de mieux — est arrivée toutes baleines dehors ; elle nous a toisées rapidement, j'ai cru qu'elle allait nous ouvrir la bouche à deux mains pour inspecter nos molaires… Elle s'est approchée de moi, a tâté mes cheveux défaits avec le soupir de la ménagère qui a laissé sécher sa plante en pot et se demande si c'est récupérable – bon, on doit pouvoir en faire quélqué chose — elle s'est tournée vers la maquilleuse et a ajouté : alors tou mé les arranges (décidément ce mot me poursuit. Mais là, maman, je t'assure, je suis vraiment bien arrangée). Non, parcé qu'il s'agit tout dé même d'oun ballo d'ambassâd, il nous faut des beautiful people, a-t-elle conclu, polyglotte — nous tournons dans une production européenne.

À présent, j'attends. Je me suis mise dans un coin de la salle avec mon carnet noir. Il y a assez peu de bruit, malgré la foule de femmes qui se presse ici : au fur et à mesure que le maquillage progresse, le brouhaha décroît, comme si la métamorphose instaurait une dimension sacrée — ou bien elles ont le trac, simplement. Moi-même, lorsque je relève la tête de dessus ma page et que j'aperçois mon reflet démultiplié dans les glaces, je crois voir un long tunnel allant de la vie à la mort : l'avenir, dans ses détails et ses vicissitudes, existe déjà.

Car tout n'est que redite, au fond. Il y a un quart d'heure, j'ai entendu qu'on chuchotait respectueusement, pour expliquer l'attente : « Les acteurs répètent. » Certes, et ils ne savent pas à quel point ! Ce matin, j'ai fait une étrange expérience, dont rêvent pourtant beaucoup d'écrivains, pourquoi ? Je flânais dans le salon du petit déjeuner quand j'ai aperçu une jeune fille qui lisait mon livre. Elle en avait cassé le brochage pour pouvoir l'étaler bien ouvert devant elle, et elle lisait consciencieusement, sourcils froncés, un stylo entre les dents. Probablement une script ou une quelconque stagiaire, à en juger par sa mine modeste et son application, en tout cas elle faisait à coup sûr partie de l'équipe : elle pourrait tourner dans *Super-Vixens*. Je me suis assise à la table voisine, ce qui m'a valu de sa part un regard étonné parce que le salon doit mesurer dans les deux cents mètres carrés et qu'il était désert. Je lui ai souri, elle m'a répondu puis s'est replongée dans sa lecture. J'ai identifié la page aussitôt, à cause de la disposition typographique : c'était la lettre que j'avais écrite à Jacques, que je m'étais promis de lui donner avant minuit. La jeune fille a sorti alors une feuille d'un porte-documents et a entrepris de recopier la page à la plume. Pendant vingt minutes, je me suis donc contemplée rédigeant la « fatale missive », pour parler comme Maître Ancelot — mais sans les hésitations, les ratures, les recommencements, non, une lettre simple, coulant de source comme une histoire qu'on sait par cœur. Alors que moi, Dieu sait si j'en ai gâché, du papier — des enveloppes, surtout ! Vingt fois au moins avant le grand soir, j'ai mis la lettre dans une enveloppe, je l'ai cachetée, l'ai glissée dans ma poche, l'en ai retirée, l'ai décachetée, l'ai lue : quel *effet* elle produisait, voilà ce que je m'évertuais à saisir, je voulais être sa main dépliant la feuille, ses yeux découvrant les mots. C'est une folie qui ne m'a pas quittée, dans la suite : quand Jacques lisait, assis près de moi, combien de fois j'ai lu avec lui, non pas le texte par-dessus son épaule (un journal, un magazine, souvent), mais le mouvement de ses globes oculaires : rythme fascinant de la lecture, les yeux bougeant par saccades, revenant à la ligne avec la brusquerie mécanique d'un chariot de machine à écrire, mais autonomes, effroyablement vivants, comme si le reste du corps n'existait pas, les globes un peu vitreux saillant vers le texte, en reflétant l'image vague, moi suivant l'avancée pas à pas, sachant à quel moment il allait tourner la page, devinant tout entre deux battements de paupières — tout, sauf le fond de sa pensée, le fond de son cœur. Et force m'est bien de me représenter ainsi le lecteur : comme protégé par l'écran vitré de sa lecture, enfermé, lointain, hors d'atteinte : les yeux vivants, mais le regard mort. De l'expérience de cette exclusion, j'ai retenu ceci, qui fait souffrir et allège à la fois : le lecteur ne me *regarde* pas.

Elle, elle continuait d'écrire, sans souci du destinataire. On avait dû la choisir dans l'équipe du tournage pour ses qualités d'écriture, sa calligraphie sage (il faut camper en quelques hampes une bibliothécaire amoureuse !). Je suppose que la caméra va se déplacer de la lettre au visage de Jacques — pardon, de Djack — en un subtil va-et-vient. Le maestro « répète » : je vois ça d'ici. Toutes les nuances de l'étonnement, de la confusion, du contentement, de l'admiration : il va nous faire la totale, genre : une main crispée sur le revers du smoking, l'autre froissant la lettre, et la troisième frémissant d'émotion, « Elle m'êêême ». Passons.

La jeune fille s'est aperçue que je suivais son manège avec intérêt. « Vous êtes française ? » m'a-t-elle dit. « Oui. » « Alors, excusez-moi, mais pourriez-vous relire ceci et me dire s'il y a des fautes d'orthographe — c'est un travail qu'on m'a demandé. » Elle s'exprimait correctement, avec un fort accent, mais j'ai eu le sentiment qu'elle avait copié sans rien comprendre, comme les chanteurs d'opéra qui débitent un livret incompréhensible. J'ai tendu la main, j'ai pris la feuille.

Jacques,

Quelquefois je suis saisie du vertige de la vérité : j'ai besoin de dire ce qu'il faut taire, de déterrer ce qu'on enfouit.

Jacques, j'ai envie de te toucher : de te caresser, de te blesser, de t'émouvoir. D'être pour toi la main, l'amour, la flèche. Je voudrais tendre le bras vers ton corps et prendre, oui, prendre, m'éprendre, combler cette éternelle distance, savoir. J'en rêve, Jacques, j'en brûle. Laisse-moi le faire, oh, dis-moi *oui*.

La lettre n'était pas signée, et je me suis souvenue qu'à force de la recopier, de la remanier, j'avais en effet omis de parapher la version définitive ! Peut-être était-ce seulement là le signe qu'elle n'émanait pas de moi, mais de la force innommée du désir.

Jacques a répondu — à sa manière, plus directe. C'est lui qui a étendu le bras et qui m'a prise. Mais il est d'abord tombé amoureux de mon écriture — « du corps des mots dont j'étais l'humaine incarnation », c'est ce qu'il a dit. Qui n'a pas empêché des étreintes plus pragmatiques, des corps à corps, des à bras-le-corps, des... — mais ne tombons pas trop bas dans le calembour. Enfin nous avons souvent « dit oui » (Jacques entrant n'importe quand dans la bibliothèque, entre deux réunions, et me chuchotant à l'oreille : « J'ai très envie de dire oui », quel souvenir). J'aimais ses épaules, son torse, tous les points où bat le cœur, où battait son cœur.

Il devait y avoir cinq ou six mois que nous étions ensemble, très liés, très proches, intimes, quand je lui ai parlé pour la première fois d'avoir un enfant. Mais au fond j'y pensais depuis le premier jour. Cette vieille barbe de Schopenhauer fait tout un topo sur l'instinct de reproduction des mâles, attachés avant tout à l'apparence physique de la future mère, tandis que les femmes seraient surtout préoccupées des qualités viriles de force et de courage. Mais ce n'est pas vrai : moi, j'ai aimé Jacques pour sa beauté, son élégance, j'ai désiré ses yeux, ses dents, sa peau ; son énergie, aussi, à le voir taper dans la balle comme si sa vie en dépendait. J'ai pensé : l'enfant serait vif et gai, sportif et beau — ou bien l'ai-je pensé au futur ? J'avais trente ans.

Son visage s'est fermé aussitôt, il a tiré tous les verrous. Puis, comme j'insistais, il a lâché · « Je ne veux pas d'enfant. Jamais. » Et, devant mon air déçu, défait, il a ajouté, mauvais : « J'en ai déjà un, merci. »

ROMAN

(Histoire de Jacques)

Jacques avait quinze ans lorsqu'il fit l'amour pour la première fois. Auparavant, jamais il n'avait vu couler cette espèce de sang blanc — aussi bizarre que cela puisse paraître, il n'avait jamais dessiné de carte de France, jamais fermé à clef la porte de sa chambre, il ignorait tout de la physique des jours et de la géographie des nuits.

La fille s'appelait Claire — prénom qui allait mal à son mystère inégalement entretenu ; elle avait deux ans de plus que lui, mais ne savait pas davantage les précautions à prendre pour ne pas avoir d'enfants, ni même peut-être comment on en avait : c'était à la fin des années soixante, on ne trouvait pas encore tellement la vie dans les livres.

Il crut qu'il allait s'évanouir, mourir, exploser, il crut que son corps allait partir en miettes, se pulvériser dans l'espace entre les quatre murs du studio meublé que sa mère louait d'ordinaire à des étudiants, dont il avait, le sachant provisoirement inoccupé, subtilisé la clef, et à la porte duquel, un instant après sa dissémination cosmique, elle, sa mère, vint frapper sans relâche en criant : « Jacques, ouvre-moi. Je sais que tu es là » — mais elle se trompait, il n'était plus là, il était autre, ailleurs.

Ensuite, il n'eut plus qu'une idée : recommencer. Il ne pensait qu'à ça, pas découragé, voire aiguillonné par l'hostilité de sa mère envers Claire, « cette petite voleuse, cette folle kleptomane » qui, disait-elle, avait dérobé tous les objets disparus en effet sans explication de leur appartement — bijou, stylo offert par feu le père de Jacques, briquet, foulard —, mais Jacques s'en fichait, il était amoureux, et puis d'ailleurs on n'avait pas de preuves.

Elle attendit plus de deux mois avant de lui dire qu'elle n'avait plus ses règles. Dans l'intervalle, ils s'étaient retrouvés dès que possible, à la sauvette, elle habitait une ville voisine, ça n'était pas facile. Mais de toute façon, d'après leurs calculs, l'enfant fut conçu ce jour-là, la première fois, « et pour un coup d'essai ce fut un coup de maître ». Claire se renseigna, non pas auprès du médecin de famille, bien sûr, mais dans un manuel gynécologique subrepticement consulté à la bibliothèque, d'où il ressortit, d'après le deuxième alinéa de la note 15 suivant l'index, qu'il s'agissait d'une grossesse nerveuse, « le sujet présentant à tort tous les symptômes ordinairement retrouvés chez la femme enceinte ».

Ils cessèrent d'y penser, Jacques, du moins, toujours soucieux de se fondre plus avant dans l'autre, de fondre en elle, d'explorer ce qui lui semblait ni plus ni moins que le seul monde possible où vivre, la seule vérité — pas même refroidi ni stoppé net en plein vol quand un jour, resté seul un moment dans la chambre de Claire, il tomba sur le journal qu'elle avait peut-être exprès laissé bien en vue et y lut combien son souffle court et son visage cramoisi la dégoûtaient, lui faisaient horreur, parce qu'il commençait à découvrir un peu les œuvres littéraires, dont certaines assurent qu'il n'y a guère de différence entre le plaisir et la honte.

Lorsque le symptôme majeur prit une tournure plus irréfutable, Claire se comprima le ventre et adopta fort à propos la mode de l'époque, ces grandes robes indiennes flottantes. Ses parents ne se doutèrent de rien, ils devaient avoir la tête ailleurs ; Jacques et elle se mirent à parler prénoms, clinique, avenir, alors même que leurs deux familles, éloignées et presque aussi brouillées que les Montaguë et les Capulet, ignoraient l'imminente arrivée d'un héritier. Claire assura Jacques qu'elle avait tout prévu, qu'une chambre était retenue pour elle dans la meilleure clinique de la ville, « là-bas, tu vois », lui dit-elle, un jour qu'il était venu la rejoindre en train et qu'il posait des questions, montrant du doigt, lointains, les murs blancs d'un bâtiment aux allures officielles qui, des mois plus tard, s'avéra être le Service Départemental de l'Inspection Vétérinaire. Elle refusa obstinément que Jacques aille parler à son père, proposer le mariage — il voulait l'épouser, vivre avec elle, élever leur enfant —, il valait mieux attendre l'accouchement, les mettre tous devant le fait accompli — ou bien, avait-elle dit, comme le voulait le parler local, « devant la chose faite » ?

La veille du jour où, selon leurs calculs, Claire devait accoucher, Jacques attendit toute la journée son coup de fil, « qu'est-ce que tu fabriques à côté du téléphone, lui demandait sa mère, tu n'en as pas encore fini avec cette petite voleuse ? », puis, sur le coup de midi, n'y tenant plus et malgré le souvenir des objurgations de Claire — « mon père ne veut pas entendre parler de toi » —, il appela. La sonnerie retentit longtemps, enfin quelqu'un décrocha, il dit allô d'une voix tremblante et on lui répondit : « Espèce de petit salopard, tu as tué ma fille. »

Elle n'était pas morte. Lorsque Jacques arriva à l'hôpital, elle dormait. Sentant les premières douleurs, à l'aube, elle avait fermé sa chambre à clef et avait accouché seule sur son lit. Le matin venu et la chose faite, elle était sortie sans alerter personne — ses parents à leur réveil n'y avaient pas pris garde, car elle partait souvent marcher, ces derniers temps, quand elle n'avait pas cours. Dans la rue, elle s'était évanouie, des passants l'avaient conduite à l'hôpital. Aux urgences, un interne l'avait examinée sans rien comprendre ; il l'avait longuement questionnée, elle avait dit que ça allait mieux, que ça allait, puis le chirurgien des urgences était arrivé, il avait soulevé le drap et déclaré : « Elle vient d'accoucher. Où est l'enfant ? »

Claire n'avait pas de papiers sur elle, il avait fallu lui arracher l'aveu de son adresse, avant de pouvoir informer son père, proviseur du plus grand lycée de la ville, qu'il était grand-père, « est-ce que par hasard vous sauriez où se trouve l'enfant ? ». Le père avait foncé vers la chambre de sa fille, croyant à une blague de potache, à une confusion d'homonymes. La porte était fermée à clef, il l'avait enfoncée à grands coups de pied tandis que sa femme, qui n'avait pas suivi le film, tentait de s'interposer, « qu'est-ce qu'il y a, Henri ? Tu crois qu'ils couchent ensemble, qu'il oserait… ? ».

L'enfant, réveillé en sursaut, s'était mis à pleurer au moment où le bruit des coups de pied grand-paternels avait remplacé dans le silence environnant le souvenir qui peut-être le berçait encore des battements du cœur de sa mère. À côté de lui, enveloppé dans une couverture, était posée la masse gélatineuse du placenta. Du moins est-ce ainsi que Jacques se représenta toujours le déroulement des opérations, n'ayant jamais pu en obtenir ni de Claire ni de ses parents deux versions concordantes ni par conséquent crédibles. Le petit avait-il crié en naissant ? Claire avait-elle coupé le cordon ? Si oui, comment ? L'accouchement avait-il duré longtemps ? Combien de temps ? Avait-elle souffert ? Toutes questions auxquelles il ne put jamais répondre, même des années plus tard, quand le psychiatre se pencha sur « l'origine, qui est aussi l'origine des troubles », toutes questions que peut-être il n'avait pas pensé à poser, comme s'il eût été condamné à ne jamais savoir comment on fait les enfants.

Les parents de Claire, faute de mieux, étouffèrent l'affaire. Ils gardèrent l'enfant — un garçon qui avait un peu le nez de l'oncle Eugène — jusqu'à ce que leur fille passât avec succès son baccalauréat. Puis, la ressemblance avec l'oncle Eugène s'étant très nettement atténuée, l'affection naturelle subit une telle altération qu'ils en vinrent à trouver pénible cet agrandissement forcé de la famille. Jacques fut convoqué, on lui fit comprendre qu'on était très fatigués. Jacques proposa de confier le bébé à sa propre mère, le temps des grandes vacances : lui devait travailler comme docker sur le port afin de pouvoir payer, à la rentrée, le petit appartement où abriter ses deux amours. Claire n'avait qu'à partir un peu avec eux, se reposer — c'est épuisant, un bébé. Ils se marieraient en septembre.

Jacques vint chercher son petit Thierry le 4 juillet (c'était Claire qui avait choisi ce prénom, en hommage au héros de son feuilleton préféré, dont elle n'avait raté en tout et pour tout qu'un seul épisode, et pour cause). À la grande exaspération de Jacques, il hurla pendant la durée entière du trajet ferroviaire, donnant ainsi le *la* de leurs rapports futurs. La mère de Jacques, jeune veuve de quarante ans, si malade de solitude qu'elle avait quelquefois demandé à Jacques de venir coucher dans son lit, accueillit le bébé avec transport. « Si je comprends bien, disait le psychiatre à moitié avachi sur son bureau, vous avez donné un enfant à votre mère… » Claire, avant son départ en vacances, vint une fois voir Jacques et Thierry, elle couvrit l'enfant de caresses, et lorsqu'elle fut partie on ne retrouva pas le petit briquet en argent qui ne quittait jamais la commode Louis XIII. Fin août, quand Jacques téléphona pour prendre des nouvelles et revoir sa belle, il n'y avait plus d'abonné au numéro qu'il avait demandé. Il se renseigna. Le proviseur avait obtenu sa mutation à l'étranger, on ne pouvait pas lui dire où — « écrivez, nous transmettrons ».

Il écrivit, mais des poèmes, des nouvelles, des romans sans virgules. Il écrivait des soirs entiers, maniant les mots jusqu'à ce que cessent les pleurs de Thierry, les berceuses de sa mère, tard dans la nuit. Avec l'argent économisé pour son ménage, il acheta la voiture de ses rêves, celle qu'il gardait depuis l'enfance en modèle réduit sur son étagère, un cabriolet Jaguar type E dont le feulement, dès qu'il put conduire, le préserva du désir de mourir. Il emmenait son fils à la plage, « mais fais donc attention, tu vas le noyer », le promenait sur ses épaules en galopant, « mais tu lui fais mal », lui parlait de Claire, sa maman, « une garce pareille, ça ne mérite pas le nom de mère », lui lisait ses poèmes, « tu ferais mieux de travailler, de toute façon il n'y comprend rien », l'embarquait dans ses virées automobiles, heureux comme jamais au vent de l'espoir, « et voilà, maintenant c'est l'angine assurée ».

Il attendit les réponses des éditeurs, puis apprit à rédiger des lettres d'accompagnement pour ses manuscrits : « Dans l'attente de votre refus, je vous prie d'agréer, Monsieur, l'expression de ma considération distinguée. » Après son bac, la littérature ne nourrissant ni son homme ni son rejeton, il partit étudier le droit international à Paris, en même temps il était pion dans un internat, il réveillait les élèves en tirant les chasses d'eau, il fut exempté comme soutien de famille, il envoyait de l'argent à sa mère. Dans les bureaux où il montrait son livret de père célibataire, il avait un succès fou. Les filles le trouvaient beau et terribly romantic — sa voiture aussi. Il rentrait chez lui tous les quinze jours, « tu dois venir, il a besoin de toi, tu es son père » et faisait des galipettes sur le tapis, « mais enfin arrête, tu vas le faire vomir ». Il connut des grosses blondes, des petites brunes, des grandes rousses, sans jamais replonger dans l'abîme de douloureuse volupté d'autrefois. Il travailla, il souffrit, il aima, ce qui, si l'on en croit Freud, est le signe d'une existence normale. Il voyagea, fit plusieurs stages à l'étranger, imaginant peut-être, dans une région très reculée de son esprit, tomber un jour par hasard sur la mère de son fils, comme si celle-ci fût restée la même au fil des années et habitât toujours chez ses parents. Mais cela n'arriva pas, il ne la revit jamais que sur les rares photographies épargnées par les ciseaux de la rancune maternelle, où elle souriait d'un sourire lointain à un incertain avenir et que Thierry, après y avoir une fois jeté un rapide coup d'œil, ne voulut plus jamais regarder, ayant compris aussitôt qu'il n'incarnait aucun espoir pour ce visage aux traits juvéniles, car si la femme, dit le poète, est l'avenir de l'homme, il arrive parfois, loin des chansons, que l'enfant soit le passé de la femme. « Non, parce que, vous comprenez, récapitulait le psychiatre en se carrant dans son fauteuil, une mère absente, c'est très grave. Alors si le père manque aussi... dans la structure, vous me suivez ? Parce que, ne nous leurrons pas, reprenait-il, doigts joints sous le menton, tandis que Jacques se contrecarrait en vain dans le fauteuil symétrique pour tenter d'exister, voyons les choses en face : vous n'avez aucun poids dans l'économie familiale, votre parole n'est pas reconnue, ce que vous dites et rien, c'est pareil. En schématisant, enfonçait-il le clou, dans la famille vous êtes un triple zéro. »

Un bon schéma démêle toujours les situations complexes ; c'était devenu limpide : Jacques n'avait pas tiré le bon numéro. Il lui manquait un petit rien, un iota. À un chiffre près, il eût été James Bond.

Lorsque Thierry, qui avait longtemps passé pour un élève modèle, se mit à gribouiller tous ses manuels scolaires, Jacques s'inquiéta — « c'est l'adolescence », dit le principal du collège. Lorsqu'il s'attaqua aux livres de la bibliothèque familiale, que Jacques ne pouvait emporter dans ses différents postes outre-mer — « c'est l'adolescence », dit sa mère. Lorsqu'il commença à les lacérer — « c'est l'adolescence », dit le Dr Le Goff —, à les brûler page après page, à les faire passer en confettis dans les cabinets, à les mâcher lentement tout en regardant la télévision — « c'est l'adolescence », dirent les voisins de palier dont le fils, à présent polytechnicien, avait incendié deux fois la maison familiale grâce à des jerricans de fuel dérobés de nuit à Auchan dans une voiture volée —, à se rouler des pétards avec le papier bible des Pléiade, à se torcher dans le Grand Robert et les poèmes de Mallarmé — « c'est peut-être un signal d'alerte », dit la psychologue scolaire, ayant appris la vénération que vouait Jacques à l'auteur du sonnet en X —, à relever sur un carnet quadrillé le numéro de toutes les pages arrachées, à en faire l'addition puis à répéter de mémoire et dans l'ordre la liste interminable de ces chiffres — « c'est une névrose maniaco-dépressive de type psychoïde déjà largement invalidante », dit le Pr Lewisky, comment en sommes-*nous* (car il prenait sa part de toute misère humaine), comment en sommes-nous arrivés là ?

Personne ne savait, tout le monde se sentait épuisé. Jacques avait le moral à triple zéro lorsqu'il songeait à l'amour fou qu'il avait éprouvé pour Claire et pour ce bébé qui leur était né, il pensait que tout aurait pu être différent, si seulement on les avait aidés.

Quand le poste d'attaché consulaire en Mogdoulie lui fut proposé pour trois ans, il hésita — « Avez-vous lu *Éloge de la fuite* ? dit le psychiatre. Vous devriez, c'est intéressant » —, puis accepta. Il espaça ses communications téléphoniques avec la France, qui lui permirent encore d'apprendre que Thierry était entré dans une secte dont le credo était tel — règle n° 1 : ne rien lire. Règle n° 2 : dénombrer l'univers — qu'il se demanda si son fils ne l'avait pas tout simplement fondée. Thierry cherchait sans doute à se démarquer ainsi de l'image paternelle, à en prendre l'exact contre-pied : là où son père, épris de lecture et d'un rêve ancien d'écriture, dépensait sa vie sans compter, il brûlait gidiennement tous les livres et ne s'occupait que de chiffres. Mais c'était compter sans les infinies ressources que, dans l'adversité, peut trouver la tendresse paternelle : car tandis que Thierry, devant la bibliothèque dévastée, alignait les dernières prévisions de la météo, les scores des champions de tennis et les résultats de toutes les divisions de football, Jacques, à l'autre bout du monde, additionnait les conquêtes féminines et, si l'on excepte la lettre glissée par Laurence dans sa poche, ne survolait plus que quelques passeports en fin de validité, comme si, pour le rejoindre par-delà la distance et l'incompréhension, et au mépris des lois naturelles, le père s'efforçait de ressembler à son fils.

S

Une lettre saintisme est S ; au nommer est la langue espaisse ; sens et silence senefie.

Jubinal

SAVOIR

Je suis allée prendre un verre au bar, autant pour m'entraîner à marcher normalement sans m'empêtrer dans ma robe de bal que pour me préparer à la longue soirée qui s'annonce. « Vous désirez ? » m'a dit Adi suavement, *oui*, a-t-il dû lire dans mon regard car il s'est écrié : « Eh ben vous, alors ! » en sifflant d'admiration dès qu'il m'a reconnue. Je n'étais pas mécontente de mon petit effet, quoique j'aie vu s'allumer sur sa ligne d'horizon des possibilités que mes lunettes ne lui avaient pas jusqu'alors suggérées, ce qui m'ennuie un peu, car en Mogdoulie la concupiscence prend souvent la forme d'une surveillance intensive. Mais pour ce soir il ne devrait pas jouer les trublions, relégué qu'il est hors du champ de manœuvres : le faux barman, m'a-t-il expliqué dents serrées, trône déjà là-bas, derrière un faux buffet, une fausse serviette sur le bras, un faux sourire aux lèvres, « et — je peux bien vous le dire, ça fera rire les lecteurs de votre journal — le soi-disant whisky vingt ans d'âge a été préparé ce matin en cuisine avec des sachets de Lipton ». C'était bon à savoir : il n'y aurait pas de secours de ce côté-là, pas cette solide ivresse qui m'avait permis d'oser donner ma lettre à Jacques. J'ai donc commandé un *Pink Future* bien tassé — un vrai.

La vérité est que j'ai quitté le salon de maquillage parce que je sentais peser sur moi des regards scrutateurs, lourds de ressentiment ; la jalousie des femmes est incommensurable, surtout lorsqu'elles restent entre elles. Encore n'a-t-on ici qu'un modeste aperçu de la vie au harem, pas sa subtile quintessence, son parfum de mort. Le gynécée inventé par l'Orient est la pire des tortures, la jalousie peut ronger jusqu'à l'os, j'en sais quelque chose.

Quand Jacques m'a raconté le roman de sa vie, cette histoire à peine croyable dans sa cruauté, je n'ai pas vraiment eu le temps de le plaindre ou de compatir : il avait, à certains moments de son récit, pour prononcer le nom de cette fille, cette *Claire*, un tremblement de voix qui perçait son laborieux cynisme, m'en rendant atrocement jalouse. Je ne la connaissais pas, elle ne constituait pas une rivale présente ou à venir, mais Jacques l'avait aimée, il avait désiré l'épouser, il avait eu un enfant d'elle, il lui avait *fait* un enfant. Et si l'enfant, tel qu'il avait grandi, ne paraissait pas figurer d'excellents souvenirs, il avait sans doute en lui, même infime — la couleur des cheveux, la ligne des sourcils, des lèvres —, quelque détail qui réveillait l'amour ou sa mémoire. Sinon, pourquoi

Jacques refusait-il obstinément de réorienter sa vie avec moi qui le lui demandais ? Pourquoi ne voulait-il pas entendre parler d'un nouvel enfant, d'une autre route ? Pourquoi ferme-t-on l'avenir, sinon parce qu'on tient encore tout entier au passé ?

Bien sûr, depuis, j'ai eu d'autres occasions d'être jalouse. Je suis toujours allée au bout, s'il y a un terme à une souffrance pareille. Pour Claire, j'ai agi au mieux — avec le recul, je ne regrette rien, je trouve même, par comparaison, que ce procédé était le plus sain, le plus sobre aussi (la jalousie a tant d'armes moins discrètes...) : j'ai engagé un détective privé. Il était chargé de retrouver sa trace, de la filer et de m'expédier régulièrement des rapports circonstanciés sur tout ce qu'il savait d'elle, tout ce qu'il avait appris : si elle était mariée, si elle avait des enfants, ce qu'elle était devenue. L'enquête a duré un bon moment. Elle était célibataire, architecte, pas difficile à émouvoir. Je me délectais à la lecture des rapports, d'autant que mon privé était assez pervers, d'instinct chasseur, au fur et à mesure de ses trouvailles il agaçait un peu la bête. J'ai dû, faute de liquidités, renoncer à ses services : le peu d'économies réalisées sur la vente de mon premier roman y était passé. Mais l'histoire de Claire m'a donné l'idée et la trame du second, j'y ai donc gagné. D'autant que ma jalousie en a été complètement éradiquée : en écrivant, je me suis débarrassée de cette fille, j'ai liquidé la première amante de Jacques plus sûrement qu'en passant un contrat avec la Mafia pour lui bousiller ses freins. Ni vu ni connu. « Écrire, c'est-à-dire tuer. »

Jacques n'en a jamais rien su, naturellement. Ça ne le regardait pas, de toute façon. Il aurait été bien surpris quand même, du moins au début, quand il ignorait la douleur de mon cœur et qu'il me racontait en riant ses aventures passées — des stagiaires du consulat, des secrétaires, beaucoup d'indigènes surtout, dans ses différents séjours — « indigènes », c'était son mot —, et il riait d'un rire qui signifiait que ça ne comptait pas, où affleurait aussi l'évidence qu'aucune de ces filles n'aurait pu favoriser sa carrière, alors… et je me disais à part moi qu'une bibliothécaire non plus.

Mais un écrivain ? Tous les hommes ne rêvent-ils pas d'avoir un écrivain à leur bras, autant pour poser dans le siècle que pour féconder les nuages ? pensais-je. (Je me trompais, bien sûr : les hommes rêvent seulement d'écrire.)

Jacques me détaillait ses conquêtes avec une verve brillante — il avait de fait un vrai talent de conteur. « Tu prends des notes, j'espère ? » demandait-il entre deux fous rires. J'acquiesçais d'un lent mouvement des paupières. Pour sûr.

Il y avait celle qui, à l'appel du muezzin, interrompait brusquement les ébats les plus débridés pour lui tourner le dos et effectuer sa prière archinue, le nez au mur, puis reprenait l'activité en cours au point exact où elle l'avait laissée, mais qui rompit à grand fracas le jour où, touché par la grâce de sa posture pénitente, Jacques prétendit se convertir sur-le-champ. Il y avait celle qui voulait bien tout ce qu'on voulait, à condition de rester vierge ; celles, anonymes et misérables, qui, pour quelques dranirs ou un tube de rouge à lèvres, abaissaient d'un coup leur voile et vous taillaient une pipe. Celles qui se faisaient mousser mais pas touche avant le mariage, celles qui auraient vendu leur âme pour découvrir Paris du haut de la tour Eiffel ou n'importe quel trou loin d'ici ; celles qui hurlaient dès qu'elles voyaient le bleu de ses yeux, celles qui le touchaient dans la rue comme un dieu. Celles qui voulaient lui faire un enfant dans le dos puis lui envoyer leurs frères régler le détail de l'arrangement toujours possible (mais il n'avait jamais cédé, elle s'en doutait. Pauvre Jacques...). Celles qui réclamaient un hymen tout neuf en guise de cadeau de rupture.

Il y avait celles qui l'aimaient — presque toutes — parce qu'il était l'Autre, dont le charme se confondait, dans leur fol espoir de partir, avec la magie de l'Ailleurs.

Et puis les Européennes, les Françaises, pas plus proches au fond, mais persuadées d'en savoir davantage sur lui, Jacques. Et lui bien décidé à garder son mystérieux attrait en restant unique, en refusant de se *reproduire*. « Même avec toi », précisait-il, avant d'ajouter en se pressant de toute sa force contre moi, car lui non plus ne détestait pas les calembours : « ... mais je veux bien me décalquer. »

J'ai pleuré, quelquefois, je me souviens. Il m'a dit un jour — où était-il allé pêcher cette science philosophique ? — : « Suis donc les conseils de Nietzsche, consacre-toi à la littérature ; *Liberi aut libri* : des enfants ou des livres ; pas besoin d'expliquer à la latiniste distinguée que le *ou* est exclusif, n'est-ce pas ? En tout cas il a rudement raison, crois-moi. Les enfants, ça n'apporte que des emmerdements, ça vous suce la moelle jusqu'à la dernière goutte, et c'est tout. Tandis que les livres... Moi j'y ai renoncé, mais toi... Tu as un joli brin de plume, ce serait dommage de te gâcher la vie, tu sais. »

Mais je ne savais rien, sinon que j'avais trente ans et que ma vie, de toute façon, je m'apprêtais à la gâcher. Je me rappelle une nuit où, comme à son habitude, Jacques s'était retiré au dernier moment, faisant gicler son sperme jusque sur l'abat-jour. Je me suis regardée longtemps dans le miroir de la salle de bains en me répétant : « Tu n'auras pas d'enfant. » J'aimais Jacques, je voulais le garder. *Amans aut infans*... Je consentais au sacrifice.

105D nous rameute, il faut que j'y aille. On s'est beaucoup servi de moi, jadis. À présent, j'apprécie de me servir moi-même — sur un plateau, si je puis dire : c'est justement l'heure d'y esquisser mon pas de danse, d'entrer en scène. Je vais mener le bal.

SCÈNE

(Première)

Camille ne lâche pas Jacques d'une semelle ; l'assistante du réalisateur — une grosse brune tonitruante pourvue d'une énorme avant-scène — a demandé à tous les figurants de se mettre par couples, et elle ne veut pas risquer de voir débouler une quelconque collègue en quête d'un cavalier photogénique — la mère Henriot, par exemple, qui trouve que Jacques ressemble à Richard Burton et qui, certainement, n'hésiterait pas à se prendre pour Liz Taylor (il y a en effet quelque chose, pense Camille : au niveau du double menton). La salle est pleine de monde, une centaine de personnes déjà un peu défraîchies par l'attente, des Européens en majorité, mais aussi quelques dizaines de Mogdouliens parmi lesquels Camille reconnaît le Dr Aziza qui, le matin même, lui a prescrit une nouvelle cure de Tranxène 10. Quant à Henriot, il se tient près de l'entrée, où il reçoit les derniers arrivants comme s'il était l'ambassadeur en personne. Car il s'agit d'un bal d'ambassade, voilà à peu près tout ce qu'elle sait. « Pour la danse, pas dé problèmes : on passera oun musique de slow et vous férez comme dans la vie. Tout le monde sait se frotter en rythme, jé pense ? » a dit l'assistante d'un ton méprisant. Quant au scénario, personne n'en connaît le premier mot, on n'a pas jugé utile de l'expliquer au troupeau. Camille croit savoir qu'il est inspiré d'un livre, mais lequel ? *La Princesse de Clèves* en version moderne ? Elle aimerait jouer ce coup de foudre chorégraphique (encore que, dans le roman, si elle se souvient bien, l'amour n'est jamais consommé et le mari meurt de chagrin — c'est tout de même ennuyeux). Plus sûrement, le film est tiré d'un roman contemporain, période qu'elle domine mal. Pour en apprendre davantage, il faudrait suivre le tournage, voir évoluer les personnages... L'acteur principal est déjà là, contrairement aux rumeurs, c'est Fellini lui-même, le réalisateur Francesco Fellini. Est-il de la famille du grand Fellini ? Henriot prétend que oui, qu'ils ont le même nez, Jacques assure que non, que Fellini n'a pas eu d'enfants. Un neveu, peut-être ? Il discute avec les techniciens tandis que la maquillcuse lui tapote les joues toutes les trente secondes avec une houppette en cygne. Au fond de la salle est dressé un buffet couvert de boissons. Camille a la gorge affreusement sèche, mais elle n'ose pas y aller, ne sachant pas s'il est là *pour de vrai* ou si c'est un décor de Trauner.

Soudain, un murmure d'émoi parcourt l'assemblée. Ornella Stasetti arrive par une porte dérobée, « elle arrive, elle arrive », crie-t-on. Francesco

Fellini enjambe quelques chaises et avance à sa rencontre. Elle est vêtue d'une robe de velours pourpre dont le décolleté s'orne d'un collier étincelant. « Elle a au moins trente-sept ans », précise la mère Henriot qui s'est approchée dans leur dos. Chacun s'écarte pour lui laisser le passage. Elle regarde à droite et à gauche des haies d'honneur, tête haute, sans sourire, sans rien exprimer, peut-être pour qu'on la voie, simplement ; mais soudain, juste après les avoir dépassés, elle se retourne d'un mouvement souple du cou, les épaules restant dans l'axe de la marche, et lance à Jacques une œillade pénétrante — une étincelle. Camille frémit, un feu mal étouffé dans son cœur se réveille. « Non mais tu as vu... Quelle garce ! Elle a fait le même coup à Gérard dans le hall, tout à l'heure » (Henriot s'appelle Gérard). Cependant Jacques, au grand soulagement de Camille, ne paraît pas touché le moins du monde, il regarde au loin, dans le vague, des taches bleues qui bougent.

« Allons allons, tout lé monde en place », hurle la virago. Camille s'accroche au bras de Jacques, « en position », vocifère-t-elle, Camille s'agrippe aux épaules de Jacques. « Eh vous, là, enlévez votre châle, vous ne voulez pas danser avec votre Damart, tout de même ? » Camille s'exécute et découvre la robe de satin noir gansée de soie claire qu'elle n'a portée qu'une fois au mariage de sa cousine. « Mais qu'est-ce que c'é qué ça ? s'étrangle l'autre. J'avais dit : pas dé bége. Signor Fellini ha-it lé bége ! » Camille, éperdue, tente d'expliquer — il y a un malentendu : ce galon n'est pas beige, il est crème, écru, blanc cassé, mais déjà on l'entraîne vers le fond de la salle, le plus loin possible des caméras, là où elle fera nombre sans être vue, enfin c'est ridicule, virgule, il est bis, chair, coquille d'œuf, « Tenez, Monsieur, mettez-vous donc avec elle » : remplie d'horreur, Camille voit Henriot s'éloigner du petit groom avec lequel il parlait et s'approcher d'elle — ficelle, grège, ivoire, couleur de lune — tandis que Jacques disparaît dans l'océan de la foule, « qu'est-ce que tu as, ma pauvre Camille ? Tu es livide ! », « non non, ça va, je t'assure », dit-elle. Elle est blême.

De très loin leur parvient le son amplifié d'un mégaphone : « Merci à tous d'être là. Le tournage va débuter. Dès que vous entendrez Moteur ! commencez à danser normalement. Soyez naturels, souriez, bavardez avec votre partenaire ; surtout ne cherchez pas la caméra, ne regardez pas du côté des acteurs. Plusieurs prises seront sans doute nécessaires : restez patients et détendus. Merci. »

Camille ferme les yeux, inspire longuement : patiente et détendue, c'est tout à fait elle. Les haut-parleurs crépitent, puis les premières mesures d'un slow lui serrent le cœur, « oh ! s'écrie-t-elle, c'est "Night in White Satin" ». « Qu'est-ce que c'est ? Un nouveau cocktail de ce brave Adi ? » rétorque Henriot qui a abandonné *aussi* l'adolescent qui était en lui. Mais la bande crachote, s'interrompt avant que Camille ait vraiment le temps de se souvenir, puis c'est « Yesterday » qui fait vibrer les murs de sa mémoire. Henriot la saisit à bras-le-corps — Moteur ! —, elle a l'impression d'être un traversin.

— Ton mari n'est pas là ?

— Non, virgule, on dirait, espèce d'abruti — il met la dernière main à sa thèse, il a préféré ne pas se laisser distraire.

— Ah ! oui... C'est quoi, déjà ?

Camille soupire. Son mari n'appartient pas à la même équipe universitaire, il a de la chance.

— Tu vas rire... Il travaille sur *La Scène de bal dans le roman français, de Mme de La Fayette à Balzac.* Mais le cinéma ne l'intéresse pas, en tout cas il n'a pas eu envie de venir comparer, virgule, et je me suis bien gardée d'insister — et ta femme ? Elle est là, je l'ai vue tout à l'heure. Pourquoi ne danses-tu pas avec elle, virgule, oui, pourquoi, au nom du ciel ?

— Certainement pas ! Ce serait absolument ridicule. Je lui ai dit que nous danserions ensemble lorsqu'elle aurait perdu vingt kilos. Mais je ne m'inquiète pas, elle a dû se trouver un cavalier — un bulldozer, je veux dire.

— Quelle galanterie ! virgule, pauvre type, salopard, tu t'es regardé — et ta thèse, toi, ça avance ? C'est sur Stendhal, non ? (Jacques, Jacques, où es-tu ? Je ne distingue rien dans cette masse. Oh ! There's a shadow hanging over me.)

— Oh ! non. Ce pauvre Stendhal ne mérite pas qu'on s'y attarde tant, tout de même. Non, d'ailleurs ma thèse est finie depuis longtemps, ma chère, c'est pourquoi je suis chef de projet, je te le rappelle. Je,

« Coupez ! » (Oui, coupez, coupez court. Yesterday love was such an easy game to play. Now I need a place to hide away.) La chanson des Beatles est coupée net aussi, tout le monde s'ébroue, s'étire, rit nerveusement, « les Rolling Stones, franchement, dit Henriot, c'est d'un ringard ». Puis le tournage reprend, Yesterday all my troubles seemed so far away. Now it looks as though they're here to stay, Henriot remet son disque aussi :

— Donc je disais, j'ai travaillé sur la *Recherche* — sans me vanter je crois en avoir vraiment fait le tour, de ce petit Marcel. On en fait tout un plat, ça n'en reste pas moins une petite pédale snob et arriviste...

— Hu, dit Camille (Jacques a peut-être raison, dans le fond : il est coco). Moi, tu sais, j'ai une admiration sans bornes pour Proust, alors... (Oh ! I believe in yesterday.)

On s'arrête à nouveau — trois, quatre fois. La vie perd tout son sens. À chaque pause, Camille cherche Jacques des yeux. Quand la danse reprend, elle essaie d'orienter leurs pas du côté où il doit être, elle dévie insensiblement, mais Henriot la ramène toujours au point de départ, près de la porte où se tiennent deux jeunes grooms impassibles. Au-dessus d'eux, touchant presque les moulures en stuc, une caméra tourne lentement comme un vautour aux aguets. Camille respire avec difficulté un mélange asphyxiant de douleur et de temps perdu, elle étouffe, elle ne croit plus à l'avenir. Enfin, au bout de l'éternité, elle aperçoit Jacques, il vient de rentrer dans la salle par la porte opposée, du côté des toilettes, est-ce qu'on a le droit d'aller aux toilettes ? se dit Camille. Jacques semble étrangement troublé, il titube presque, tête baissée, comme perdu en lui-même. Il a l'air perdu en lui-même, se dit-elle, et cela l'étonne, car elle ne croyait pas si compliqués les chemins de son labyrinthe intérieur.

SCÈNE

(Deuxième)

J'ai eu une chance inouïe, à peine forcée. Quand j'ai entendu la scène que faisait 105D à la malheureuse Camille, j'ai foncé dans leur direction et, prenant de court une espèce de tank chamarré qui allait monter à l'assaut, j'ai posé ma main sur le bras de Jacques, il s'est retourné, et j'ai dit : « Vous dansez ? »

Maintenant que je peux comparer la danse lascive et la tendre missive, je donne l'avantage à la première. Certes elles constituent toutes deux des entreprises de séduction de nature assez voisine — à condition de dominer son art, bien sûr. Il s'agit dans les deux cas de diriger souplement la manœuvre tout en laissant une impression d'abandon. La sensation doit s'imprimer en l'autre sans qu'à aucun moment il puisse deviner la maîtrise, la technique — une hanche par-ci, un aveu par-là, bien placés, entraînants. Car danser, comme écrire, est une espèce d'apparente défaite : effusion, épanchement, la lettre et la danse confinent à l'oblation, au don de soi — la valse, surtout, en son vertige. Les mots se donnent, comme le corps, tout dit : Gardez-moi puisque je suis à vous. Mais ce que l'art dissimule, c'est tout ce qu'ils prennent, leur emprise : la proie, alors même qu'elle est captive, capturée, captivée, doit continuer à se croire partenaire, cavalière (j'emploie là des mots d'homme, bien sûr : les femmes sont si peu habituées à *mener* : quand elles écrivent, elles gardent la feuille dans un tiroir. Et elles dansent seules face au miroir, sur la musique de leur cœur. Il faut remuer tout ça...).

Ce qu'il y a de bien dans la danse, c'est qu'on a tout de suite la réponse. On sait comment on est reçu, l'espace prend la place du temps et la victoire est palpable. Cela dit, personnellement, j'aurais préféré un tango ou une bonne vieille valse de Strauss. Le slow est une fausse danse — d'ailleurs, dans ce film, tout est faux. On piétine, on ressasse, on stagne, ça n'avance pas et en même temps c'est emballé d'avance. Un slow, c'est le degré zéro de l'inspiration : comme une lettre où on mettrait seulement : Je t'aime. Enfin bon, je suppose que le producteur n'avait pas prévu de budget pour offrir aux figurants des leçons de tango argentin. Et puis le style, après tout, c'est secondaire. Pourvu qu'on ait l'ivresse...

Jacques n'a pas parlé aussitôt. J'ai apprécié qu'il n'entre pas tout de suite dans la mondanité, qu'il reste un peu à l'écart du monde (*l'autre* s'était présenté d'emblée, sur le court de tennis : Jacques

Millière, attaché consulaire, ça rimait — tout sourire, comme si décliner son identité allait de soi — moi qui n'ai jamais pu avancer mon nom sans trembler). Il dansait avec application, à ce qu'on pourrait appeler une distance respectueuse. Il sentait le vétiver, je crois, mais le parfum n'avait rien de plaqué, il semblait en correspondance avec le corps lui-même, son odeur propre. On aurait dit qu'il connaissait sa partition, qu'il se faisait discret pour endosser son rôle de doublure, qu'il acceptait d'être Jacques *bis*, mon Millière d'hier — « Yesterday », oui, même la chanson collait à la scène. Cela arrive parfois, des inconnus qui font exactement ce qu'il faut, au moment donné, qui jouent juste.

De mon côté, tout allait bien. Je me sentais désirable et belle, et puis danser m'a toujours excitée, sexuellement — ce mime civilisé de la nature, ce corps à corps public. Cela m'a beaucoup manqué, toutes ces années : mes derniers pas, si je puis dire, remontent à..., oui, à ce bal d'autrefois, justement, à ce jour-là. Oh ! j'aurais pu reprendre, sans doute, pour la danse on trouve des partenaires jusqu'au fin fond du désert ; mais le cœur n'y était plus. Enfin j'ai retrouvé rapidement mes marques. Avec le slow, de toute manière... !

Il a dit qu'il s'appelait Jacques, qu'il était enseignant-chercheur à l'Université princière dans le cadre de la coopération franco-mogdoulienne. « Que cherchez-vous ? » ai-je dit finement en secouant ma crinière laquée — un instant j'ai eu l'impression d'être Sue Ellen en mal de traits d'esprit. « Je me le demande, a-t-il répondu en riant, très Dallas lui-même (des dents merveilleuses, éclatantes). Et vous ? » J'ai dit : Laurence, et que j'étais de passage. J'ai failli ajouter : « Et comme Diogène, je cherche un homme », mais je me suis abstenue, je me suis dit : Arrête, ne mélange pas tout ; ce Jacques-là est peut-être allergique aux jeux de mots laids, d'ailleurs il n'y a rien de moins érotique qu'un calembour. J'ai préféré poser ma tête sur son épaule et me serrer contre lui. Ses mains ont bougé légèrement autour de ma taille. Il n'a plus rien dit.

J'avais l'intention de me laisser respirer d'abord, d'être, comme lui, un parfum avant d'être un corps. Mais le temps m'était compté, d'autant que les interruptions — Coupez ! — coupaient aussi tous mes effets, même si je ne me séparais pas de lui entre deux prises, je m'écartais à peine, pour marquer la pause, mais je ne le lâchais pas. À chaque nouveau départ, je m'arrangeais aussi pour glisser peu à peu vers le mur gauche, pour sortir du champ avec lui — sur un air de valse ç'aurait été autrement plus rapide. Nous avons tout de même fini par nous fondre dans un magma de vieux couples mal fagotés, exilés en bout de piste. Lorsque nous nous sommes trouvés au plus près de l'entrée des toilettes, j'ai tendu mes seins contre sa poitrine en prenant une profonde inspiration et je lui ai dit en montrant la porte : « Allez-y, je vous rejoins. »

Quand je suis entrée, il était debout contre le mur du petit couloir qui sépare les Hommes des

Femmes, il avait l'air très grave, plein d'angoisse, comme s'il venait d'apprendre son exécution imminente. Mais il ne pouvait pas reculer, il acceptait, il était d'accord. J'ai posé mes mains sur ses épaules pour reprendre la danse, la musique nous parvenait assourdie à travers la cloison, he was not half the man he used to be, j'ai caressé son torse, ses bras, ses hanches, un morceau de phrase m'est revenu en mémoire d'un récit du Moyen Âge, « les épaules larges et les flancs grêles », puis je l'ai regardé ; il a presque ri, soudain, tendrement, comme s'il me connaissait depuis toujours, comme si c'était de l'amour, et il a dit — oh ! yesterday came suddenly —, il a dit : Oui.

Sa bouche, l'intérieur de sa bouche, ses dents, sa langue. Sa queue raidie contre mon ventre, à travers les étoffes. Ses mains sur moi, ouvertes, saisissant mes épaules, mes seins, mes fesses, détachant d'un seul geste du pouce l'agrafe de mon soutien-gorge — l'habitude, les autres, l'expérience des autres. Son souffle, son haleine, sa salive, sa langue, nos dents s'entrechoquant, léger heurt, verrou tiré, les autres, précautions. Sa peau nue, la chaleur, l'odeur du corps, les poils rêches, les aspérités, la douceur, je me souviens. Sa queue sur mon ventre nu, sa langue sur mes seins, sa volonté, son désir, ma robe bleue par terre comme un décor de piscine, comme les tissus de soie dont on fait la mer, au théâtre, le bruit de l'eau, l'odeur du chlore, danser, nager, plonger, vivre, oui, maintenant, non, pas maintenant, hier, yes, yesterday.

Il a pris ma tête entre ses paumes et il a appuyé pour que je m'agenouille, j'ai pris sa queue dans ma bouche, les dents, la langue, le bord caoutchouteux du gland, ce soir, autrefois. Le goût du sperme en puissance, mais non, je n'oublie pas, je sais ce que je veux, j'ai un plan. Venez, viens, je, tu, je vous, j'avoue, je tue, prenez, ceci est mon corps, je suis l'amante religieuse, je me dévoue à vous, je vous tue, ceci est ton sang, je pourrais si je voulais, j'aurais pu, si j'avais voulu. J'ai dit : Venez, viens, il m'a assise sur le lavabo et il s'est enfoncé dans le passé, dans l'avenir, ses dents, sa langue, ses mains, ses baisers, on aurait dit de l'amour, j'ai dit : Venez, allez-y, venez, Jacques, j'ai pensé, viens, Jacques, donne-moi tout, tes semblants, tes faux-semblants, dis-moi tout, Jacques, la vérité, toute la vérité, sa queue, son souffle, son cri, ses forces, je prends tout, Jacques, je veux tout.

Il a tout donné, il est venu en donnant tout, son cri comme s'il mourait, son sang comme si c'était la première fois de sa vie, la mort, la vie. Son sang blanc. La vie. J'ai tout pris.

Nous sommes retournés sur la piste de danse, nous nous sommes remis à danser. C'est revenu presque tout de suite — love is such an easy game to play. Je le sentais brûlant, mais comme effondré à l'intérieur, éboulé, sans forces. Je m'étais juré de ne pas parler, de ne rien dire, mais je ne sais pas, j'ai eu peur qu'il regrette, qu'il soit en colère, ou peut-être, simplement, qu'il ne veuille jamais recommencer. Alors j'ai passé mes mains le long de son dos, sous sa chemise — il s'est un peu éloigné, comme ils font souvent, d'instinct, je me rappelle, alors j'ai dit, parce que j'ai pensé quc c'était là le fond de sa colère, de son mépris, j'ai dit : « Ne craignez rien, vous ne risquez rien : je ne suis pas malade, vous savez… Il y a des années que je n'ai pas fait l'amour. »

J'aurais dû m'arrêter là, c'était déjà beaucoup. Mais, je ne sais pas pourquoi, l'idée qu'il n'y croyait pas m'a été soudain insupportable — qu'il puisse imaginer que je mentais, que j'étais une nymphomane de haut vol, une habituée des chiottes de luxe, je n'ai pas pu le supporter, casser net, en finir. Alors je lui ai souri comme au vrai Jacques de ma vie, et j'ai ajouté en caressant ses belles épaules :

— J'étais en prison.

T

Dans les marques qu'on gravait autrefois sur l'épaule des condamnés, T signifiait travaux.

Dictionnaire Littré

TRAHISON

Bien sûr, je ne suis pas allée plus loin dans la vérité. Je ne pouvais tout de même pas lui dire… — enfin, si, j'aurais pu : il y a quelque chose de grisant à assener les faits bruts et à observer sur le visage de l'autre les transformations qu'ils opèrent. Moi-même j'aurais donné cher pour voir ma propre tête, ce dimanche d'avril, ma tartine de confiture à la main, quand Jacques m'a dit. Mais enfin je dois penser à mon objectif présent.

J'ai donc menti à mon nouveau Jacques — pas beaucoup : l'information principale était passée, j'ai juste raconté que c'était pour vol, kleptomanie, exactement (une dernière fois, je me suis mise dans la peau de Claire qui, d'après mes recoupements, volait non seulement chez la mère de Jacques mais aussi dans les magasins. Elle n'a jamais été arrêtée, elle, malgré sa constante angoisse). « D'ailleurs, ai-je ajouté, j'ai bien l'intention de vous voler votre âme. Vous n'avez pas peur ? » Il a ri, il a dit Si, mais qu'il ferait attention. J'en ai profité pour lui indiquer le numéro de ma chambre, il l'a répété, puis la chanson s'est arrêtée, les lumières se sont rallumées partout à la fois, la scène était finie.

À présent, je l'attends. Je l'attends peut-être un peu plus que je ne devrais. C'est ma faute, aussi : j'ai bu deux *Pink Future*, et il n'est que midi. Je suis sortie tout à l'heure, juste au kiosque en face de l'hôtel, pour acheter un nouveau carnet, il ne reste plus qu'une page sur celui-ci. L'erreur a consisté à repasser par le bar. « Alors, on s'est bien amusés ? », m'a lancé Adi comme s'il avait un don de divination. J'ai bu mon cocktail envers et contre son silence buté, puis j'ai dit : « Vous aviez raison, le barman était minable, on voyait tout de suite que ce n'était pas un pro comme vous, il est resté planté comme un piquet derrière son buffet, à mon avis ils vont le couper au montage, c'est la seule solution. » Son visage a rayonné aussitôt, « C'est vrai ? » a-t-il bredouillé, et il m'a servi un autre *Pink Future* — c'était sa tournée. J'ai levé mon verre à sa santé et il a dit d'un air entendu : « À l'Avenir ! »

Pourquoi est-on sans cesse obligé de mentir ? C'est si fatigant, à la longue, surtout quand, de surcroît, on écrit : l'existence devient de l'invention non-stop, du baratin au long cours ! Dans la relation avec autrui comme dans le récit, on finit — on commence ? — toujours par mentir. C'est le même mot, d'ailleurs : *relation* : 1) lien entre personnes, connaissance, fréquentation ; 2) narration détaillée, récit, témoignage.

Je viens de changer de carnet — le nouveau est plutôt un petit cahier quadrillé — et j'ai relu mes dernières notes, mon rapport circonstancié de la soirée d'hier, ma *relation* sexuelle, justement. Peut-être n'y a-t-il pas plus de vérité dans l'acte que dans le récit, peut-être qu'on ne peut ni vivre ni raconter *ça* sans trahir. Le psy de la centrale — j'ai déjà oublié son nom… Morand, je crois — en revenait toujours à son cher Lacan pour percer les ténèbres de ma faute : « Il n'y a pas de rapport sexuel », répétait-il volontiers. Il avait raison, dans le fond, je le comprends maintenant, d'une certaine manière : la *relation* est impossible. Écrire, c'est traduire en mots des pensées, des faits, des sentiments, des sensations, le corps, la chair, le silence. La vie est la langue étrangère de l'écrivain. Il y a d'excellents traducteurs, certes. Mais traduire, c'est trahir, tout le monde connaît la formule. Les mots sont de parfaits Judas, on peut leur faire dire n'importe quoi, tout est une question de cadrage (même les images ont moins de marge dans le mensonge, elles ont la couleur du réel). Ainsi, par exemple, j'aurais pu rédiger autrement mon rapport sexuel : lui le pantalon en tire-bouchon sur les chaussures, les fesses blafardes sous la démarcation du bronzage, moi rouge, en sueur, parmi l'odeur d'Harpic W.-C. senteur océane. C'est ce que j'ai vu dans la grande glace du fond, après tout, quand j'ai ouvert les yeux. Au cinéma, précise mon *Guide du langage filmique*, ça s'appelle un plan moyen. « Le plan moyen inscrit les individus dans leur cadre de vie et instaure un équilibre dramatique entre l'action et le décor. » Moyen, le plan, vraiment très moyen. Aussi ma mémoire a-t-elle préféré le plan américain, juste en dessous de la ceinture, qui « met l'accent sur les personnages dans leur proximité physique et l'intensité de leur présence morale » : nettement plus adapté, je trouve, même si la morale ne crève pas l'écran. Quant à la profondeur de champ, je l'ai creusée aussi loin que j'ai pu dans les épaisseurs du temps. Mais le plus vite possible, et sans m'appesantir. Car de toute façon, à mon avis, il y a deux choses insupportables dans la littérature — illisibles, à jeter : ce sont les récits de rêves et les relations sexuelles prolongées (de même dans la conversation mondaine, au moins pour les premiers — les autres, c'est plus rare ! J'ai toujours jugé mortellement ennuyeux les convives qui entreprennent de raconter par le menu leur cinéma somniaque, ça n'intéresse personne mais tout le monde s'écrie : « Oh ! c'est passionnant, vous devriez en faire un livre ! »). Non, une page au grand maximum, ça peut amuser, exciter ; après, on tombe dans Balzac et l'évolution de la papeterie de l'an 750 au milieu du XIXe siècle !

C'est ce que j'ai apprécié en travaillant avec des détectives privés pour mes deux derniers romans : ils établissaient des rapports qui, dans certains cas, pouvaient aller jusqu'à des relations intimes, mais le récit restait de l'ordre du procès-verbal, tout au plus du témoignage impartial. Ils n'avaient pas d'états d'âme, du moins ceux-ci ne transparaissaient-ils guère sur le papier. Ils m'apportaient des faits, et moi, eh bien, je traduisais. En un sens, tout lecteur de roman devrait se sentir trahi, manipulé, joué, puisque la vérité qu'on lui présente aurait pu être autre — je veux dire : elle *est* autre ; et pas seulement parce que l'auteur a modifié les noms et deux-trois bricoles. Il n'y a pas de relation fidèle dans le roman — pas plus que dans la vie. C'est tout. Il faut le savoir. À partir de là, le lecteur, pour se venger de la trahison qu'il a subie, n'a qu'à s'y mettre aussi. Au rapport ! Il prend quelques personnes au hasard, connues ou non de lui (qu'il les connaisse ou non ne change rien, le degré de trahison reste le même) ; s'il en a la possibilité, il les file en variant les angles de vue, sinon il soustraite ; il leur prête un peu de lui-même, il donne de sa personne en quantité variable, puis il les baptise, et hop, vogue la galère !

Moi, par exemple, j'ai toujours aimé *Jacques* : c'est un prénom très romanesque, qui fait exister le personnage. À l'origine, il désigne le paysan robuste et révolutionnaire, donc une certaine virilité. Puis l'enfance et ses comptines : Jacques a dit. Enfin, l'élégance, le charme de l'amant — j'ai mes raisons. D'un autre côté, il se prête à toutes sortes de jeux de mots : j'ac-cuse, j'ac-couche, j'ac-cepte, etc., j'ai eu tout le temps d'en faire le tour, ces dernières années. Enfin, si Laurence signifie « couverte de lauriers » — mais je n'irai plus au bois, je crois —, Jacques, c'est Jacob, « celui qui supplante » — et le saint patron des chapeliers. Dans l'histoire qui me lie à Jacques, on peut certes confirmer sa victoire : il m'a supplantée haut la main, à aucun moment je n'ai vu se profiler le traître sous les paroles et les baisers. Mais je sais me venger, moi aussi. Et j'ai toujours aimé les Jacques pour leur grande aptitude à... porter le chapeau.

Camille n'est pas mal non plus. Du lat. camillus : servant ou servante dans les cérémonies religieuses. Rôle secondaire mais capital.

J'en ai assez d'écrire, j'ai mal au bout de l'index. Mais cela trompe l'attente, et puis je n'ai rien à lire, sinon mon manuel de cinéma. En prison, je ne faisais que ça : écrire et lire — je tenais la bibliothèque — une bibliothécaire, forcément ! Tant de phrases lues me reviennent avec violence, qui hantent ma mémoire comme le passé vécu. C'est aussi douloureux, d'ailleurs : les phrases mentent comme les hommes. Adolescente, je ne supportais déjà pas la philosophie à cause de toutes ces théories qui se contredisaient en prétendant toutes à la vérité — et l'on encensait leurs auteurs comme autant de génies, alors que chacun démolissait peu ou prou la pensée de son voisin d'empyrée : Dieu existe, Dieu n'existe pas, je pense donc je suis, je sens donc je suis, le monde est réel, le monde est une illusion, l'homme est bon, l'homme est un loup pour l'homme, il est libre, il est aliéné... La sagesse consistait donc à gober n'importe quoi ?

Par la suite, j'ai oublié ces affres angoissantes, j'ai fait une croix dessus comme les enfants sur la pensée de l'infini. Mais la peur me ressaisit, quelquefois. Je me rappelle qu'avec Jacques, au consulat, on s'est amusés, certains soirs, à retourner des maximes de La Rochefoucauld ou des aphorismes cueillis çà et là ; ça marchait si bien que c'en était effrayant : « En amour, il n'y a pas de plus affreux désastre que la mort de l'imagination » : En amour il n'y a pas de plus affreux désastre que l'imagination. « La vérité est le fondement de la beauté » : la beauté est le fondement de la vérité. Ou encore, chez les auteurs entre eux : « La parole a été donnée à l'homme pour expliquer sa pensée » : « La parole a été donnée à l'homme pour cacher sa pensée. » « Un seul être vous manque, et tout est dépeuplé » : « Un seul être vous manque, et tout est repeuplé. » Stendhal dit le contraire de Molière, Giraudoux de Lamartine : la vérité, quelle blague !

Évidemment, à l'époque, j'ignorais que les phrases de Jacques aussi pouvaient très bien se retourner, que le non d'un jour était le oui de demain et que l'amour en une pirouette deviendrait du dédain. Cela m'a servi de leçon ; à présent, dans la vie comme dans les livres, quoi que je vive, quoi que je lise, je ne cherche plus la vérité parce que je la connais. Elle se résume à cet axiome irréfutable qui n'a que l'apparence d'une plaisanterie et simplifie beaucoup la lecture du monde : « Le contraire est toujours vrai. »

Mais on frappe à la porte. C'est peut-être lui — Jacques.

TRANSPORT(S)

Ce n'était pas lui qui frappait, mais un jeune garçon de dix-douze ans au teint velouté, dont les yeux noirs brillaient effrontément. « Tu as demandé ? » a-t-il dit en hésitant à entrer, non, je n'avais rien demandé. Il est parti vers l'escalier, mais par le judas je l'ai vu repasser et entrer à côté. La curiosité m'a reprise, enfin, pas vraiment la curiosité comme désir de savoir la vérité — car de ce côté-là j'étais fixée — mais l'envie de *voir*, simplement, sans le filtre des mots ni les dérives de l'imagination — voir, simplement voir les choses comme elles sont. Je me suis d'abord glissée à pas de loup dans le couloir, malgré le danger d'être surprise à genoux sur la moquette (par Jacques, aussi bien), l'œil collé à la serrure, où la clef était de toute façon engagée, annulant mon espoir de cadrer la scène comme au travers d'une porte mauresque. Rentrée dans ma chambre, j'ai donc entrepris la face nord. Mon balcon donne sur les garages à l'arrière de l'hôtel, et sur un petit jardin, désert à cette heure brûlante. En me penchant suffisamment par-dessus la rambarde de séparation, sans toutefois courir le risque de dégringoler trois étages ou d'attirer l'attention des occupants, je voyais environ un tiers de la chambre voisine, une table basse et un fauteuil identiques aux miens. Par la baie ouverte, le lit demeurait hors champ, dans l'angle mort derrière le rideau, mais ce n'était pas grave, les choses ne se passaient pas sur le lit.

Henriot, de trois quarts dos par rapport à moi, était en train d'enculer le gosse, sur le dos duquel il avait étalé un gros livre blanc dont il lisait les pages d'une voix solennelle, une main tenant l'ouvrage tandis que l'autre bras ceinturait le pupitre afin de maintenir un semblant d'équilibre. J'allais me retirer avec une impression de déjà-vu lorsqu'un troisième couteau a fait irruption dans mon champ de vision, complètement nu à l'exception de chaussures noires luxueuses qu'il avait préféré garder, comme s'il craignait d'être électrocuté. J'ai déjà vu son visage quelque part, ces joues flasques, ces paupières lourdes, cet air toujours préoccupé, mais où ? Un acteur, peut-être ? Sur un signe d'Henriot, il est allé quérir un autre fort volume qu'il a compulsé à même le dos velu de l'impétrant, avant, son choix effectué, de s'ajouter non sans mal, gros wagon tressautant, au petit train touristique qui fait l'attrait profond de la Mogdoulie. Je n'ai pas eu de peine, mes souvenirs de catéchisme aidant, à reconnaître sa lecture : « Le loup habitera avec l'agneau, et la panthère se couchera sur le chevreau ; le veau, le lionceau, et le bétail qu'on engraisse, seront ensemble, et un petit enfant les conduira… Le nourrisson s'ébattra sur l'antre de la vipère, et l'enfant sevré mettra sa main dans la caverne du basilic. » La rame s'est ébranlée en un désordre brinquebalant, cahotant vers des sommets de volupté que la frêle locomotive, à en juger par son sifflement épuisé, désespérait d'atteindre. Tout ça m'a lassée rapidement, presque aussi vite que si je l'avais lu, comme quoi le cinéma a ses propres limites. Je n'ai pas attendu qu'un dernier prêcheur survienne muni de la Torah — en outre, je craignais de manquer Jacques, s'il frappait — et j'ai laissé le convoi ahanant à son périple œcuménique. Avant de rentrer, je suis restée deux minutes au soleil, les yeux fermés, à jouir de la chaleur et de l'attente. « Ce n'est pas l'Enfer ici, disait Jacques autrefois, c'est juste le trou du cul du monde » — il rêvait d'ambassades plus prestigieuses, d'horizons plus clairs.

Le bruit d'un portail qu'on ouvrait m'a tirée de ma torpeur, je me suis penchée et j'ai vu entrer au ralenti une superbe automobile ancienne, dont la capote noire impeccable mettait en valeur le gris somptueux des flancs, l'éclair des chromes. Peut-être pas la Jaguar type E que possédait Jacques, et qu'il bichonnait comme un père attendri son nouveau-né, me disais-je en songeant qu'il faudrait bien m'y faire ; peut-être une autre marque, une Aston Martin ? je n'y connais toujours pas grand-chose, malgré les explications de Jacques — en tout cas, l'équivalent luxueux, une voiture capable de symboliser l'univers où il s'était réfugié après la défection de Claire et le refus des éditeurs, et dans lequel nous nous transportions, lui et moi, cheveux au vent, pour fuir dans le défilé des choses la vitesse du temps. Ils vont donc tourner nos virées exotiques, nos voyages à tombeau ouvert qu'aucun travelling ne pourrait suivre, notre descente en roue libre vers l'ailleurs : je suppose que Djack veut donner du panache à tout ça. Ce qu'il faudrait filmer, pourtant, c'est l'inverse : un plan fixe, moteur coupé, nos deux visages à moitié brouillés derrière le pare-brise, la blancheur du désert à l'arrière et soudain, dans le silence, nos voix irritées et distantes, « notre énième conversation », disait-il, sur une question qui n'avait pas la moindre chance d'aboutir, ni même d'évoluer, oui, il m'aimait, non, il ne voulait pas d'enfant — « d'ailleurs, pense à tous ces pauvres gosses acculés à la misère, à la mendicité, ajoutait-il sans crainte des clichés, on ne va pas en rajouter, tout de même ; rien qu'ici, regarde, ils crèvent de faim » — on les voyait en effet sortir de partout, se dresser au pied des dunes comme s'ils venaient de naître du sable, il fallait repartir aussitôt. Et moi, lèvres serrées, aussi humiliée que s'il m'avait repoussée à deux mains mais n'en démordant pas, murmurant que je m'en occuperais, qu'il n'aurait rien à faire… Un plan fixe, oui, c'est ce qui conviendrait le mieux à cet aspect de l'histoire — un plan aussi fixe qu'une idée.

Mais on frappe à la porte. Cette fois, c'est lui, j'en suis sûre : mon Jacques nouveau est arrivé, et je vais le boire jusqu'à plus soif.

TRAVELLING

Camille est assise au bar, elle attend que le soleil fasse éclater sa tête, et la terre avec. Elle n'a pas vu Jacques seul à seule depuis trois jours, depuis qu'il l'a raccompagnée chez elle sans un mot, le soir du bal, en conduisant l'œil rivé à la route comme s'il craignait un accident. Avant-hier, ils n'ont pas pu pénétrer dans l'enceinte de la faculté, les étudiants manifestaient toujours, ils occupaient les locaux en criant : « À bas l'Occident ! » Camille a bien tenté de jouer les effarouchées, de se mettre sous l'aile de Jacques, mais elle n'en a rien tiré, sinon le conseil de rester chez elle.

À présent, il est quatre heures de l'après-midi, elle boit un *Pink Future* tassé et ne le quitte pas du regard, dans l'espoir qu'en le situant constamment, elle parviendra à moins souffrir. Car il est là, au bord de la piscine, en appui sur les avant-bras, le visage tourné vers une inconnue dont les yeux sont masqués par de grosses lunettes noires. Elle a un petit chignon blond d'institutrice, un maillot de bain une-pièce très quelconque, la chair blafarde, et, autant que Camille puisse en juger à cette distance, elle n'a pas l'air exceptionnelle. Mais Jacques lui parle avec animation, on pourrait presque dire avec feu ; elle répond à peine, des monosyllabes, semble-t-il, mais depuis trente-cinq minutes que Camille les observe, elle a ri à deux reprises, et Jacques n'a pas nagé une seule fois. Lorsqu'elle-même est arrivée tout à l'heure, elle est entrée par l'allée du fond, juste dans son axe de vision : il l'a donc aperçue aussitôt et lui a adressé un léger signe de tête comme à une vague relation, quelque chose de très dissuasif qui lui a serré le cœur. Aussi est-elle allée directement au bar en contournant le bassin par la gauche, elle a commandé la spécialité d'Adi puis s'est plongée dans la contemplation hébétée de l'existence d'autrui, pas très déchiffrable, il est vrai, de trois quarts dos à une vingtaine de mètres, mais suffisamment exposée pour mettre en valeur sa propre déréliction. Toute la douleur de l'être-au-monde s'est rassemblée en sa personne, tout le néant de la vie pèse maintenant sur elle, et elle ploie sous ce fardeau car, tandis qu'ils rient là-bas de concert une troisième fois, Camille endosse sans qu'on l'en prie les gros sacs de chagrin dont semblent s'être totalement déchargés les baigneurs au bord de l'eau bleue et, il faut bien l'admettre à nouveau, dans l'orgueil toujours amoindri de son amour, elle souffre pour trois.

Que faire ? Au rayon romanesque des amours impossibles, il n'y a pas trente-six solutions, il y en a mille. Pas sur le fond, certes, car les issues demeurent en nombre restreint ; mais c'est leur forme qui varie — or Camille est assez formaliste —, tout est dans l'art et la manière, y compris pour mourir.

Car la première possibilité qui s'offre à elle, c'est le suicide — un geste irréversible et définitif, pour faire cesser tout ça, qu'on n'en parle plus. Évidemment, dans les romans, les héroïnes se tuent plutôt *après* l'adultère, et Camille ne demanderait pas mieux : Effi Briest, Anna Karénine, Emma Bovary, ses sœurs malheureuses, ont d'abord consommé leur péché d'amour avant de se supprimer. Lorsque leur passion est vraiment irréalisable, non vécue, non advenue, non assouvie, curieusement elles le supportent mieux — Mme de Mortsauf, la Princesse de Clèves, Eugénie Grandet —, elles n'attentent pas à leurs jours, comme si, par le suicide, les femmes témoignaient davantage du remords de leur faute que du regret de leur amant. Les hommes, eux — car Camille n'est pas sexiste, ses modèles sont au-delà d'une si dérisoire division des genres, elle comprend d'ailleurs mieux les hommes dans les livres que dans la vie —, les héros qui la font vibrer à l'unisson se tuent plus volontiers, eux, quand leur désir n'a pas abouti : Werther, Gilliatt, Chatterton, Quasimodo (pour ce dernier, Camille émet tout de même quelques réserves identificatrices), la plupart forcent leur destin tandis que les femmes au pire se laissent mourir à petit feu.

Camille veut bien se laisser mourir, elle ne fait même que ça depuis trois jours. Mais la mort la dédaigne, Femme parmi les femmes. Il lui faut donc envisager des moyens plus énergiques, feuilleter le grand livre des fins pour trouver la sienne, une issue noble, tragique et volontaire comme il n'en existe peut-être, justement, que dans les livres.

Il y a d'abord le train — Tolstoï revisité par Camille et soumis aux horaires primesautiers des Transports Ferroviaires Mogdouliens Rapides — T.F.M.R. Plus simple en apparence puisque la solution est sous ses yeux, la noyade — mais vous avez déjà essayé de vous noyer dans une piscine de 18 mètres en présence d'une vingtaine de nageurs ? Jacques vient précisément d'entrer dans l'eau avec sa blondasse, elle fait des longueurs et il nage à ses côtés comme un caniche, vous ne trouvez pas ? demande Adi qui en a assez de faire de la figuration hors champ tandis que sa cliente suit les allers et retours de ce gommeux, les yeux saillant presque hors de son visage immobile, se déplaçant avec avidité de droite à gauche et de gauche à droite comme si elle lisait un roman palpitant. Ça, ajoute-t-il devant son air douloureux, c'est rien qu'une journaliste qui cherche des tuyaux sur le tournage, faut pas croire, elle a interviewé M. Henriot la semaine dernière, maintenant c'est l'autre. Elle écrit dans *L'Avenir*..., personne ne connaît, j'ai l'impression.

Puis, constatant que son information transfigure la petite Française, il conclut en essuyant le comptoir comme s'il voulait le nettoyer de toutes les turpitudes païennes (sa spécialité, la dépravation de l'Occident), il reprend tout sucre tout miel, histoire de montrer qu'il n'est pas dupe, qu'il sait bien qu'elle ou l'autre, c'est kif-kif bourricot, toutes des salopes, il enchaîne suavement :

— Et votre mari, ça va ?

Camille ne s'en soucie guère. Elle respire mieux, soudain, une fenêtre vient de s'ouvrir à deux battants dans sa poitrine, l'étau se desserre : il s'agit d'une relation de travail, en quelque sorte ; cette journaliste va sans doute vouloir la rencontrer elle aussi, l'interroger. Elle commence à préparer ses réponses, elle a envie de se montrer un peu spirituelle. Elle pourrait souligner le fait, par exemple, que personne ne sait de quoi parle le film, quelle est l'histoire. Il lui semble pourtant essentiel de préciser à chacun son rôle, aussi mince soit-il. « Parfois, mentira-t-elle avec un sourire, je me demande ce que je fais là. » Elle livrera aussi deux ou trois anecdotes sur le décor, les costumes : ainsi, cette phobie du beige qui a gâché..., enfin bref, la prochaine fois elle mettra une autre robe, oui, pour la deuxième scène de bal — une grande réception, plutôt, a-t-on dit aux figurantes en leur recommandant de porter si possible une toilette différente de la première, elle n'en sait pas davantage, forcément. Mais elle attend beaucoup de cette dernière scène. Ah ! encore autre chose qui devrait intér — mais Camille soudain se fige, elle étreint à deux mains son verre glacé, bat des paupières comme pour passer à la diapo suivante, mais non, elle a bien vu, l'image est fixe : Jacques a posé sa main sur celle de la journaliste, on dirait qu'il lui propose quelque chose — un cocktail, peut-être ? Mais a-t-il besoin de la convaincre, de laisser sa main si longtemps ? Si elle n'a pas soif, après tout, c'est son affaire.

Le plan suivant a lieu dans un ralenti inversement proportionnel aux battements du cœur de Camille. Ils se lèvent ensemble et entreprennent de rouler leur serviette. La noyade, non, elle y a déjà pensé, elle se rendrait ridicule, et voilà tout. Le poison — mais est-ce que deux boîtes de Tranxène suffiront ? « Se brûler la cervelle », jurait Julien Sorel. Elle se souvient de son serment tandis qu'au bord de la piscine, lui tournant ostensiblement le dos, Jacques boutonne sa chemise, elle cherche ses sandales. Se tirer une balle dans la tête, voilà la meilleure fin possible depuis que plus personne ne porte l'épée au côté, et le bruit d'une mort qu'elle implore lui fera souvenir qu'elle vivait encore. Mais pour cela il faudrait un.

À cet instant précis survient un événement extraordinaire, l'une de ces coïncidences qui pourraient faire croire aux étoiles filantes ; Adi se met à suffoquer comme s'il avait avalé de travers, une main sur son nœud papillon, les yeux fixes. Camille pivote sur son tabouret et regarde dans la même direction, l'allée centrale par laquelle arrivent droit sur eux deux hommes de toute évidence étrangers à l'hôtel et au tournage, puisqu'ils portent de miteux costumes beiges. Le barman farfouille fébrilement sous le comptoir, en sort une boîte verte à moitié dissimulée par un torchon et la glisse dans le sac de plage que Camille a posé tout à l'heure à côté de la corbeille d'œufs durs.

— Ne dites rien, je vous en supplie. Planquez-la et ne dites rien, au nom d'Allah !

Les deux types (des flics, se dit Camille, qui a lu quelques polars) se rapprochent du bar, mais ils n'ont rien pu voir, le dos de Camille leur a masqué la scène. Elle glisse du haut de son tabouret avec un naturel époustouflant, un léger déhanchement à faire pâlir la Stasetti, et s'éloigne vers les bâtiments neufs, son sac en bandoulière, non sans constater que Jacques a disparu — c'est toujours pareil, il s'évapore dès qu'elle détourne les yeux, comme si seule l'attention la plus passionnée pouvait maintenir cohérente la réalité de son corps. Adi a pris appui des deux mains sur son bar et semble attendre les visiteurs, quand d'un seul coup il change d'avis et se met à courir comme un dératé vers l'allée latérale. L'un des sbires lui barrant la route, il revient sur ses pas puis repart vers la droite en une sorte de travelling mal pensé, saute par-dessus les baigneurs, trébuche sur une bouteille d'ambre solaire. Enfin, après deux tours complets de piscine qui justifient la netteté luxueuse du décor, il se laisse appréhender sans résistance, le sourire aux lèvres, comme si toute cette course poursuite n'avait été qu'un artifice de mise en scène, comme s'il savait que l'un des baigneurs, étendu sous le palmier — un preneur de son italien au repos tandis que ses collègues tournent en extérieur —, a subrepticement enlevé le cache de la caméra la plus proche et immortalise du mieux qu'il peut, en faisant pivoter le trépied, le morceau de bravoure des troisièmes couteaux, dans l'espoir d'en vendre les images au plus offrant, si toutefois le boîtier est chargé.

— Inspecteur Ez'zine ! hurle l'inspecteur Ez'zine. Que personne ne sorte !

Mais Camille a déjà franchi la porte vitrée qui mène aux chambres. Elle revient dans le hall, le traverse précipitamment, son sac serré sous l'aisselle — une voiture de la Sécurité stationne au bas de l'escalier —, et court s'enfermer dans les toilettes qui jouxtent le grand salon. Elle tire le verrou et s'écroule sur la lunette couleur saumon où subsiste un semblant de gel désinfectant. Elle a terriblement envie de vomir.

La boîte contient un revolver — à moins que ce ne soit un pistolet, Camille n'a jamais fait la différence. En revanche, elle sait, grâce à Henriot, que la petite pièce située sous l'arme et qu'elle ose à peine effleurer s'appelle une détente — ce brave Giono peut aller se rhabiller, et Malraux avec lui, dont les héros appuient abusivement sur la gâchette. Mais le moment est mal choisi pour se livrer à des considérations lexicologiques. Il faut agir au plus vite, avant qu'on ne vienne la déloger, la fouiller, l'arrêter peut-être. Un tremblement nerveux agite tout son corps, les hypothèses se bousculent dans son esprit. Elle ignore ce qu'a fait Adi, mais une chose est sûre : le dénoncer ne serait pas digne d'un personnage romanesque ; jamais elle n'endossera le rôle du traître. D'ailleurs, s'il avait tué quelqu'un, il se serait déjà débarrassé de l'arme... Camille soulève la feuille de journal sur lequel reposait le revolver : il y a là deux douzaines de rouleaux de billets — des dollars, des francs, plus quelques petites coupures en vrac : ses pourboires, peut-être, se dit Camille, avide de trouver une explication rationnelle qui satisfasse à la fois Miss Marple, Hercule Poirot et sa conscience. Son cerveau travaille au rythme de son cœur. Premier point : que faire de l'arme ? Impossible de la sortir de l'hôtel, c'est trop risqué. Il faut donc la cacher sur place. Mais où ? Elle n'ose pas s'aventurer dans les bâtiments, de peur d'être interpellée avant d'avoir trouvé une cachette. D'un autre côté, ici — la chasse d'eau, la corbeille, la bouche d'aération —, rien ne convient. Camille sent le feu lui monter aux joues tandis qu'elle réfléchit tout en tenant le revolver comme une poêle à frire. Soudain, elle se mord la lèvre : elle sait ! Elle fourre les rouleaux de billets dans son soutien-gorge, sous l'élastique du maillot de bain, partout où c'est possible : si on la fouille, elle espère que ça n'ira pas plus loin que son sac — on est dans un palace, en Mogdoulie de surcroît, on ne touche pas aux femmes comme ça. Elle déchire la boîte en carton, la jette dans la poubelle. Puis elle déverrouille prudemment la porte, lance un coup d'œil au miroir du fond pour vérifier que sa bouée n'est pas trop visible, puis se rend sur le seuil du grand salon, là où elle a aperçu Jacques, l'autre jour, l'air perdu. Salaud de Jacques !

La pièce est déserte, on n'entend pas un bruit. Elle traverse la vaste salle, puis le patio autour duquel s'organisent les multiples petites alcôves du harem d'autrefois. Elle entre dans celui de la favorite. Ces chambres, jadis, étaient aveugles, les femmes n'ayant pas à voir la lumière du dehors, le jour du monde. L'architecte ensuite y a percé des fenêtres pour en faire des espaces de conversation, des lieux privilégiés, fumoirs, boudoirs. Quelques-uns ont été réquisitionnés par l'équipe du film et transformés en vestiaire, en salles de maquillage ou en dépôts techniques. Mais pas celui-ci, qui a gardé ses sofas orientaux, ses rideaux de brocart, ses panneaux en moucharabieh, ses secrets. Camille lève le bras à droite de la porte, tâtonne un peu à côté du chambranle, sous la tenture bleue : la niche est bien là, comme décrite dans le livre de Crémieux, juste assez grande, où la première épouse dissimulait, dit-on, le poison destiné aux trop dangereuses rivales. Elle y dépose l'arme, desserre un peu la ceinture de sa robe, se passe la main dans les cheveux et sort d'un pas décidé. On verra bien.

Tandis qu'elle regagne le hall, Camille serre son sac contre son flanc, elle sent des contours anguleux, qu'est-ce que… Mais non, c'est seulement son livre, *Le Rouge et le Noir*, qu'elle a presque fini de relire. Une pensée la fait sourire, soudain, sans amertume, comme si elle avait mûri d'un coup en accéléré — la pensée qu'à présent elle a de quoi imiter Julien, se brûler la cervelle. Puis une autre pensée vient couvrir la première, qui offre une alternative au destin des amours malheureuses : Julien *ne s'est pas* suicidé.

« Madame de Rênal baissa la tête qui un instant se trouva presque entièrement caché par les plis de son châle. Julien ne la reconnaissait plus aussi bien ; il tira sur elle un coup de pistolet et la manqua ; il tira un second coup, elle tomba. »

Tuer.

TRUISME

J'aimais passionnément le corps de Jacques. Il n'était pas maigre comme celui-là, mais mince et puissant, de ces hommes qui semblent avoir gardé la trace de l'armure. Nous vivions d'ailleurs comme au temps des chevaliers, tout en amour et en discours — parler, faire l'amour, faire l'amour, parler, nous ne faisions pas grand-chose d'autre les jours libres, sinon quelques sorties dans sa Jaguar, qui n'était au fond que le fier destrier du siècle, le pur-sang moderne. Les mots se frottaient les uns contre les autres comme des corps, se caressaient, se palpaient, s'affrontaient aussi parfois — le choc pouvait être inouï, plus rude qu'une joute. À l'époque, je croyais détenir là les deux seuls moyens de connaissance au monde : le corps et la parole. Je trouvais parfaitement juste le sens biblique du verbe *connaître* : la peau, l'odeur, le sexe m'apprenaient l'essentiel de l'autre, son essence. Faisons l'amour, je te dirai qui tu es. Il me semblait que dans l'union des corps toutes les contradictions qui m'angoissaient si fort se volatilisaient, qu'alors, et là seulement, les questions avaient leur réponse : la vérité venait du corps, le corps était la vérité. C'est ce que j'ai voulu dire à Jacques dans cette fameuse lettre si longue à écrire, si longue à donner : mon désir était un désir de connaître.

Idéalement, les mots arrivaient ensuite, indispensables pour parfaire la science acquise par les sens. On se disait tout, on voulait tout savoir : c'était normal. Parler était aussi une preuve d'amour : quelqu'un qui, après huit ou quinze jours de rencontres et d'étreintes, ne vous a rien raconté de son enfance, de ses souvenirs d'école, de ses soucis, de ses lectures ou de ses goûts, quelqu'un qui se refuse à votre entière connaissance ne peut pas vous aimer, voilà ce que je pensais autrefois. C'est pourquoi j'ai souffert que Jacques me parle si tard de son fils — encore est-ce moi qui ai suscité sa confidence. Lui préférait ne pas en parler, il a fallu le pousser dans ses retranchements pour qu'il raconte, il prétendait ne pas en voir la nécessité. Mais je sais, moi, que le silence est un refus d'appartenir.

D'un autre côté, il avait sans doute raison : les paroles ne permettent pas de mieux connaître. Pas plus que la peau. Ça ne sert à rien de s'accoupler ou de discuter à perte de vue — je ne parle pas du plaisir qu'on en tire, bien sûr, mais de la connaissance. Sur l'échelle de la connaissance, ça n'avance à rien. C'est un leurre. L'autre est un secret bien gardé par son corps et par ses mots.

Aussi ai-je changé de tactique. Avec mon nouveau Jacques, je fais l'amour, évidemment — c'est même le nerf du projet, si je puis dire —, mais je ne parle presque pas, malgré ses tentatives, ses ouvertures. D'une part, j'entretiens ainsi mon mystère. D'autre part, je le fais souffrir. Ces deux éléments convergent vers le même but : qu'il revienne, qu'il recommence. Ne pas être abandonnée avant l'heure.

C'est efficace : il est parti à regret, il y a une demi-heure. Nous avons couché ensemble, puis nous sommes allés à la piscine, puis nous sommes remontés ici recommencer. Durant tout ce temps, je n'ai pratiquement rien dit. Le silence, c'est comme le noir de l'enfance : la peur assurée, le fantôme de la mort. Le sentiment du mépris, aussi, toujours douloureux. Je l'ai traité comme un homme de joie — pire, même, puisque aucune rétribution n'est prévue. Je l'ai consommé. J'ai envie de dire : « Quel bonheur ! », après tant d'années. Mais la vérité est différente, et les vieux démons ne m'ont pas quittée : « Jacques, devrais-je plutôt écrire ici, Jacques, j'aimerais tellement te connaître. »

Mais je n'ai pas dévié de ma ligne. Notre plus longue conversation a duré à peine deux minutes, entre deux caresses. Nous étions nus sur le lit, nous sentions le sperme et le chlore. J'ai pris sa main droite dans la mienne et je l'ai contemplée sans un mot. Au bout d'un instant, un peu railleur, il a lancé : « Vous allez me dire la bonne aventure ? », en insistant sur *aventure* — il ne dédaigne pas les jeux de mots, lui non plus. J'ai feint d'étudier sa paume, puis je l'ai regardé droit dans les yeux — des yeux bleus qui n'ont pas mémoire de larmes — et d'une voix neutre j'ai dit :

— Vous allez mourir.

Il s'est crispé, les muscles de son avant-bras ont sailli, il a retiré sa main : les vieilles peurs revenaient à flots, le sida, la folie meurtrière, une maniaque du pic à glace, que sais-je ? Mais j'avais encore besoin de lui, je ne devais pas aller trop loin. Alors je me suis allongée tout contre son corps — toujours sur la défensive, prêt à fuir —, et j'ai murmuré gentiment : « Je n'ai pas dit quand. Dans cent ans, peut-être… »

Il s'est un peu détendu, mais son corps restait loin. Alors j'ai ajouté, espiègle : « Non, vous n'allez pas mourir ? Ah ! je vois ! Vous êtes immortel ! Zeus en personne, peut-être ? » Il a ri, il m'a embrassée. Ses lèvres, sa langue.

Les gens sont extraordinaires. On leur assène un truisme et ils frissonnent comme s'ils n'y avaient jamais pensé. L'aventure, bonne ou mauvaise, c'est ce qui advient, ce qui va arriver — l'avenir. Mais pas besoin d'être extralucide pour cette aventure-là. Comme me le disait mon avocat, optimiste avant la sentence : « Laurence, l'avenir vous sourit. » C'est évident, cher Maître : de toutes ses dents, à moi comme aux autres — un crâne vide est d'humeur égale. « Pense à l'avenir » : contresens absolu du réconfort. L'avenir, c'est la mort.

U

Oui ; mais quand tu dis U, qu'est-ce que tu fais ?...

Molière

UNE

Adi est en photo à la une de *Midi-Mogdoul* et de presque tous les quotidiens d'expression française que Camille a achetés. Le cliché a dû être pris la veille sur le vif, car le barman porte sa tenue de travail, ce qui produit un effet inattendu : avec son nœud papillon, sa moustache bien taillée et son fin sourire énigmatique, sous le titre : « Le chef d'un réseau de prostitution arrêté dans un palace », Adi passe davantage pour un ambassadeur ou une vedette de cinéma que pour le loufiat de service — d'ailleurs, lorsque Camille est sortie chercher la presse, les présentoirs du kiosque tapissés de sa photo lui ont paru, de loin, annoncer la venue de quelque star du show-biz.

En réalité, il s'agissait plutôt de baiseness, comme le soulignent les articles les plus audacieux, qui se livrent aussi à des calembours frénétiques sur le patronyme du barman : Adisslam Sabit pourvoyait en chair humaine les touristes occidentaux, « louait » les chambres inoccupées de l'hôtel, tournait à l'occasion des cassettes X et empochait de substantielles commissions sur toutes ces activités. Ce trafic touchait surtout les garçons mineurs (sa spécialité, les enfants). Camille frissonne : elle a planqué l'argent sous des piles de serviettes-éponges, c'est épouvantable, la voilà complice d'un truand pédophile. Elle reprend avidement sa lecture en éliminant une à une toute velléité d'ongle au bout de ses doigts.

La presse unanime se déchaîne contre l'Occident, rappelant sur plusieurs pages, en des surtitres coups-de-poing, quelques évidences :

— Le sida vient d'Amérique.
— Là-bas, ils couchent avec des singes.
— On vend des bébés de six mois.
— Seul l'Islam peut nous sauver.
— La vérité d'Allah est en marche.

Les étudiants, qui jusqu'ici faisaient grève pour interdire aux filles tête nue l'accès à l'université, viennent d'ajouter à leurs revendications l'établissement d'un numerus clausus afin de limiter à 10 % le nombre de futures mères indignes qui travailleront au lieu d'empêcher leurs enfants de traîner dans les chambres d'hôtel. Le prince, dans un discours improvisé de trois heures et demie, a promis de faire toute la lumière sur l'affaire Sabit, de moraliser l'ensemble du pays et de veiller au respect des principes islamiques édictés par le Prophète, dont il descend en ligne directe, rappelons-le. Quant aux étudiants, ils seront entendus dans leurs légitimes inquiétudes, pourvu qu'ils rentrent chez eux. Les diverses manifestations annoncées un peu partout dans la principauté, dont certaines concernent accessoirement le prix du pain, n'ont aucune raison d'être, elles sont d'ailleurs interdites et les troupes de l'armée princière — les T.A.P. — mobilisées sur tout le territoire avec ordre de tirer à vue sur les agitateurs.

Camille a peur, elle se demande si elle n'aurait pas dû effacer ses empreintes sur le revolver, là-bas, à l'hôtel, c'est le b-a ba dans ce genre d'histoires, mais elle n'a pas l'habitude. Les horreurs qu'elle découvre sur Adi la bouleversent, non qu'elle se représente vraiment les faits — tout reste assez abstrait, les enfants ne l'ont jamais tellement intéressée sinon comme figures du passé, ils ne l'émeuvent que dans les hommes qu'ils sont devenus, Jacques, par exemple, elle aurait bien aimé le voir petit, en photo, ou qu'il lui raconte — mais Adi avait l'air si gentil, si inoffensif : elle n'en revient pas. Sa solitude lui est pesante, insupportable. Elle ne peut se confier à personne et elle en souffre, au point qu'elle songe à reprendre son journal intime abandonné depuis des mois, à coucher sa douleur dans le petit cahier bleu, à la bercer. Tout à l'heure, son mari a passé la tête par l'entrebâillement de la porte et lui a demandé ce qui lui prenait d'éplucher ainsi l'hagiographie quotidienne. Il est vrai que d'habitude il n'y est question que des résultats sportifs, de la recette du poulet aux dattes ou de l'inauguration des X^es^ Floralies mogdouliennes. Mais c'est bien le signe qu'il se passe en ce moment quelque chose de grave. Il a ajouté : « Tu ne sors pas ? » Elle a explosé : mais évidemment qu'elle ne sortait pas ! Il n'avait pas lu les journaux, il ne savait pas que le pays était à feu ct à sang, que les résidents étaient invités à se déplacer le moins possible jusqu'à nouvel ordre ? D'ailleurs, la fac était fermée, il n'avait peut-être pas remarqué, virgule, Jacques était hors de vue, hors d'atteinte pour deux jours au moins, le temps que ça se tasse — si ça se tassait. « Je ne sais pas, moi, avait encore dit son mari, plus têtu qu'un âne. D'habitude, l'après-midi, tu vas à la piscine, non ? »

Elle n'avait pas répondu, ne l'avait pas regardé. Depuis des semaines, il semble s'être fondu dans le décor, n'être plus pour elle que l'un de ces monuments qu'on croise tous les jours sur son chemin dans la rue et qu'on serait bien en peine de décrire. Il est absorbé par sa thèse, elle par son amour — mais tout de même, se dit-elle avec irritation, tout de même, il n'en rate pas une.

V

… un œil dont la prunelle aurait été remplacée par un trait vertical épais (ou peut-être un V renversé aux branches serrées).

Claude Simon

VEDETTE

Ce pauvre Adi qui rêvait d'être dans le journal..., c'est réussi ! Sa photo s'étale partout en première page, la moindre de ses déclarations est consignée et commentée à longueur de colonnes. Mieux : il est passé à la télé sur la chaîne internationale ; il paraît qu'un technicien du tournage a eu le réflexe de filmer la scène hier, et tout à l'heure en allumant le poste de ma chambre, j'ai eu la surprise de voir Adi dans une course poursuite digne des plus grandes stars — le rôle de sa vie, bien mieux que d'agiter un shaker, tête coupée dans un coin de l'écran —, passant et repassant au bord de l'eau bleue, avec à l'arrière-plan quelques baigneurs effarés, et, fugitive, la silhouette à peine reconnaissable de Camille s'éloignant dans l'allée, je l'avais complètement oubliée.

Je n'ai pas été interrogée, heureusement Jacques et moi venions de quitter les lieux, et il semble que l'enquête se soit limitée aux témoins directs et au personnel de l'hôtel. *Mogdoul-Soir* fait allusion à une dénonciation, tandis que *Le Messager du Sud* vante les mérites de la police locale, sur le coup depuis des semaines. Quant à moi, j'aurais tendance à penser que cette affaire éclate à point nommé pour détourner l'attention de la hausse des prix et faire taire les intégristes qui ne cessent de vilipender l'immoralité d'un gouvernement vendu à l'Occident : Adi sert à la fois de diversion et de bouc émissaire — un rôle ingrat, somme toute, dans un scénario joué d'avance, et qui ne prévoit pas de happy end. On ne choisit pas toujours sa partie, Adi, mais je tiens à te le dire, tu es très photogénique, tu passes vraiment bien.

Je ne suis pas sortie de la journée : tout le monde ici est assigné à résidence, la ville est bouclée, quoique au loin derrière les murs rien n'ait bougé. Deux touristes italiens ont été assassinés — « par un fou », précise la presse, qui — cela exaspérait Jacques, autrefois — fait toujours la différence entre les racistes qui tuent en Europe et les fous qui tuent ici. « Haine au-delà des mers, démence en deçà », disait-il. Les consulats invitent leurs ressortissants à rester calmes.

Je vais aller faire un tour en bas, cela me dégourdira les jambes.

Le hall, la piscine et les jardins étaient déserts. Pour le coup, on se serait cru sur le tournage d'*India Song*. J'ai erré un moment, songeant presque à sortir en ville, mais la Sécurité campe devant l'hôtel. Finalement, j'ai échoué dans l'aile moderne des bâtiments ; le salon de télévision était bondé, toute l'équipe du film, Djack et la Stasetti compris, et même le personnel, avaient les yeux rivés sur l'écran, les spectateurs francophones traduisaient aux autres les informations principales. Personne ne m'a remarquée.

C'était « La Vérité, toute la vérité », un numéro spécial improvisé en catastrophe sur la situation en Mogdoulie. Le journaliste présentait ses invités, des professeurs d'université, des correspondants en duplex de Mogdoul, un Mogdoulien chercheur au C.N.R.S., auteur d'une thèse intitulée : *L'Un et L'Autre, regards croisés sur la France et la Mogdoulie*, deux députés. « Par chance, ajoutait l'animateur du débat, nous avons pu joindre M. le ministre des Affaires étrangères à sa descente d'avion, et il a bien voulu nous apporter les informations dont il dispose — il est ici sur le plateau. » Le public a applaudi. « Monsieur le ministre, d'abord bonsoir — et merci d'avoir répondu à notre invitation impromptue. Monsieur le ministre, vous étiez, je crois, par chance si l'on peut dire, en voyage privé dans ce beau pays qu'est la Mogdoulie et vous avez donc assisté, en direct si l'on peut dire, aux récents événements. Quelle est donc votre impression, monsieur le ministre, et comment la France peut-elle agir pour aider ce pays ami ? »

Le ministre n'a pas souri, pas esquissé la moindre mimique de réconfort : l'heure était grave. Néanmoins, grâce à la rapidité de son intervention sur place, les choses semblaient évoluer favorablement. Il avait en effet rencontré le prince dans son palais d'été, s'était longuement entretenu avec son homologue mogdoulien et les deux pays avaient constaté une parfaite convergence de leurs objectifs. Le ministre avait joint son collègue de l'Intérieur et pouvait d'ores et déjà annoncer la création d'un Comité de protection de l'enfance et d'un Bureau international d'éthique, lequel avait aussitôt diligenté une enquête sur le terrain. Par ailleurs, la crise économique engendrant ces formes désespérées de misère que sont la prostitution et l'esclavage, la dette extérieure de la Mogdoulie, évaluée à cent milliards de dollars, allait être effacée.

« Est-il vrai, monsieur le ministre, que le tourisme sexuel en Mogdoulie — les fameux charters spéciaux — représente un apport considérable de devises, plus, dit-on, que le travail des immigrés hors des frontières ?

Le ministre était extrêmement préoccupé par ces chiffres accablants : c'était « la vérité, l'âpre vérité ». Mais tout allait changer, il s'y engageait aux côtés du prince et de l'Europe tout entière : « Je puis vous assurer », disait-il en fixant la caméra, il pouvait nous assurer, assurait-il en pointant l'index vers l'objectif, que ce réseau dont Sabit n'était qu'un rouage serait bientôt démantelé ; les gouvernements s'y employaient main dans la main, la France en tête, bien décidée à ne pas manquer le train de la lutte contre le trafic d'enfants dans le monde.

Le public a applaudi, à l'écran comme dans le salon de l'hôtel. Chacun a paru rassuré par ces propos énergiques, d'autant que l'inspecteur Ez'zine est arrivé peu après pour annoncer que la Sécurité autorisait la poursuite du tournage — pas en extérieur, bien sûr, mais dans l'enceinte de l'hôtel, et sans figurants pour l'instant. Des hourras ont accueilli cette bonne nouvelle, Djack a serré contre lui les bouées de la Stasetti. Moi-même j'ai souri discrètement avant de m'éclipser. La vie va reprendre, j'en suis contente, même si plus personne au bar ne sait faire les *Palace Pink Future*, même si le corps absent de Jacques creuse un trou dans le mien, et même si j'ai reconnu aussitôt en la personne de monsieur le ministre le troisième wagon du petit tortillard mogdoulien qui ahanait chambre 109.

VÉRITÉ

Le tournage a donc repris, à huis clos. Mais je tenais absolument à y assister, d'autant que je sentais, à quelque chose d'indéfinissable dans l'air ou dans mon cœur, que la fin approchait, oui, bien que je sache qu'il est plus facile au cinéaste de filmer les scènes dans le désordre qu'à l'auteur de les écrire, il me semblait malgré tout que, dans mon montage personnel, ce que j'ai longtemps appelé « la scène de l'aveu » ou « la révélation », ou encore, plus prosaïquement, « le petit déjeuner » devait ici prendre place. Peut-être était-ce seulement que je me sentais enfin de taille à la revivre, comme, après des années de séparation, on prend l'initiative de revoir sans émoi excessif quelqu'un qu'on a beaucoup aimé et qui nous a lâchement quitté jadis, dût-il porter le masque satisfait de Francesco Fellini !

Je voulais donc à tout prix être là, ne rien perdre. Bien sûr, j'aurais pu finir par me présenter… Mais j'ai craint que le réalisateur ne me mette à contribution, qu'il me demande d'expliquer, voire de mimer ce moment capital et que le plateau ne devienne le périmètre délimité d'une sorte de reconstitution d'un crime dont j'ai oublié si je suis la victime ou l'auteur. Aussi ai-je préféré rester dans l'ombre, une fois de plus — après tout, je me suis habituée à vivre à l'ombre !

Devant la salle, un grand panneau réclamait le SILENCE, et un petit groom montait la garde. Il m'a barré la route, je lui ai souri, je lui ai dit : « Je suis une amie d'Henriot. Tu connais M. Henriot, non ? » Son visage est devenu si pâle que je m'en suis presque voulu, mais à la guerre comme à la guerre... Je lui ai donné vingt dranirs et il m'a laissée entrer.

Le salon avait dû être choisi pour ses proportions harmonieuses et vastes, qui permettaient de circonscrire un champ bien dégagé, en clair-obscur près de la fenêtre aux verres colorés, tout en conservant un grand espace libre à l'arrière où s'entassait le bric-à-brac nécessaire aux prises de vues — c'est là que je me suis glissée, parmi les câbles, les boîtes de maquillage et les projecteurs surnuméraires.

Sur le plateau proprement dit étaient dressées une table ronde en zelliges bleus et une chaise en rotin où trônait la Stasetti, cheveux éployés sur les épaules, teint frais rehaussé par la délicate nuance saumon d'un pyjama de soie. Pour la première fois, j'ai éprouvé envers le scénariste une espèce de reconnaissance : j'étais vraiment très belle pour recevoir la mort. La chambre aussi avait beaucoup plus d'allure que dans la réalité. Djack lui-même m'a paru presque désirable dans son costume de lin blanc. Et soudain, soudain je me suis dit — et j'ai cherché absurdement dans la pièce, j'ai fouillé chaque recoin du regard, c'était stupide, bien sûr, cette scène-là ne requérait pas sa présence —, le cœur noué, je me suis dit : Et l'autre ? Qui va jouer l'autre ? Un instant, tout m'a paru d'un grotesque effarant ; ma mémoire nageait en plein vaudeville.

Les acteurs semblaient un peu perdus aussi. Ils avaient déjà répété plusieurs fois, et ça ne fonctionnait pas. Quelque chose coinçait dans le scénario, la vedette ne se projetait pas dans le rôle écrit pour elle, elle trouvait invraisemblable le sang-froid de ses répliques. « Moi, disait-elle, j'aurais envie de tout casser, de lui arracher les yeux. Là, franchement, je ne sens pas le personnage. » Elle s'exprimait presque sans accent — je me suis souvenue avoir lu qu'elle vivait avec un Français de dix ans son cadet — l'accompagnait-il sur les tournages ? Le réalisateur a eu l'air contrarié, on perdait du temps, de l'argent, des forces (c'est ta faute, Djack, ai-je pensé, tu n'avais qu'à pas choisir une brune hystérique, un de ces volcans italiens qui entrent en éruption toutes les dix minutes. Les blondes brûlent peut-être autant, je ne dis pas, mais la lave coule à l'intérieur). « Carissima, a-t-il fini par supplier, j'ai passé des semaines sur ce texte avec Sastre, mon dialoguiste, je t'assure, nous l'avons remanié pour qu'il te colle à la peau, alors fais un effort. Il, enfin j'entre. Tu es détendue, tu viens de te lever, le soleil brille. Ensuite, tu mets un peu de temps à comprendre, tu n'en crois pas tes oreilles, mais tu intériorises, tu vois, tu fais celle qui... » Elle a secoué sa belle tête brune, elle ne voulait pas, elle en avait assez fait comme ça, et puis qu'on lui change la confiture sur sa tartine, elle détestait la marmelade d'oranges. Tandis que la scripte dépêchait le groom aux cuisines et que je me renfonçais dans mon coin sombre, 105D a suggéré de relire à voix haute le passage en question dans le roman — mon roman, ai-je murmuré, émue, comme j'aurais dit : Mon enfant. — Oui, tiens, c'est une idée, s'est exclamé Djack à bout de nerfs, tu as le bouquin sur toi ? 105D la providentielle a acquiescé, elle pensait à tout. — Tu vas voir, a-t-il continué, nous avons considérablement amélioré le texte, mais bon, comme c'est autobiographique, vu du point de vue de la fille, ça peut peut-être t'aider à intérioriser le rôle. Alors j'y vais. Silence.

Le temps était radieux, ce matin-là, l'air transparent. J'étais assise sur le balcon en train de prendre mon petit déjeuner quand Jacques entra. Il avait d'abord sonné, me dit-il, mais de l'extérieur, avec le bruit de la mer, je n'avais pas entendu. Il s'était donc servi des clefs que je lui avais données dès le début, comme il le faisait toujours, d'ailleurs, mais ce jour-là, il avait d'abord sonné : cela aurait dû m'alarmer, je l'admets, parce qu'empiriquement les scrupules de politesse d'un homme annoncent toujours des sommets de muflerie. Mais je ronronnais au soleil, heureuse et sans défense. Nous ne nous étions pas vus la veille, il était soi-disant de corvée au consulat de Laâya — « de corvée », c'est ce qu'il avait dit en me quittant. Je ne devais le retrouver que le soir à la résidence, où le patron donnait un bal en l'honneur des fiançailles de sa fille aînée avec le comte de La Trémoille. Je n'eus pas le loisir de lui demander comment ça s'était passé, ni rien, heureusement. Il se planta devant mon sourire stupide et me dit qu'il n'avait pas voulu m'inquiéter jusqu'ici parce que lui-même n'était pas sûr, mais qu'à présent il ne pouvait plus me le cacher (il a le sida, pensai-je en regardant la mer), il en aimait une autre. Et tandis qu'il continuait à parler d'un ton de plus en plus net et cassant, j'attendais toujours absurdement la suite de sa phrase, ma tartine en suspens dans l'air : une autre quoi ?, pensais-je.

Le dialogue se composa de questions courtoises qui interrogeaient le passé pour déchiffrer l'avenir — comment ils s'étaient rencontrés (comment les séparer), si elle était étrangère (une passade indigène), si elle était jolie (il fallait me remettre à écrire), si ça faisait longtemps (si ça durerait longtemps) — et de réponses vagues, oui, non, quelle importance ? — « cette brume insensée où s'agitent des ombres, est-ce donc là mon avenir ? » — si je la connaissais.

— Tu la connais sans la connaître, dit Jacques (il aurait pu le dire de moi, aussi bien, il parlait de moi sans le savoir).

— Et qu'est-ce qui te fait penser que c'est sérieux ? demandai-je en le regardant dans les yeux — ses yeux bleus, yeux d'amoureux —, je mordais en même temps dans ma tartine de confiture, j'avais

un plan, déjà, une machine de guerre : des poèmes, un roman, des lettres, j'allais envelopper Jacques de mes mots.

Il eut ce sourire à la fois rêveur et carnassier qu'il affichait toujours quand il doublait quelqu'un sur la route ou qu'il tenait la balle de match contre le consul, il eut ce sourire qui le perd encore dans mon cœur, malgré l'amour, et il dit :

— Elle est enceinte.

— Voilà. Fin du chapitre. Tu connais la suite.

— Bon, a maugréé la Stasetti en un soupir résigné, je vois.

Elle a bu une gorgée de thé — du vrai thé bien chaud qui fumait sous le faux soleil, puis elle a ajouté, presque suppliante :

— Mais est-ce que je ne pourrais pas quand même lui envoyer ma tasse à la figure ?

VIOLENCE

Je n'ai pas pu en supporter davantage, je suis sortie. Au bar de la piscine, le remplaçant d'Adi ne servait que des whiskies. Je suis remontée dans ma chambre et j'ai pleuré.

La vraie violence de l'histoire ne se situe pas du tout là où la Stasetti l'éprouve et veut l'exprimer ; dans l'escalade de la haine, ça n'aurait d'ailleurs pas grande cohérence d'asperger le traître de thé brûlant puis de l'assassiner le plan suivant. À l'exception du sourire, la violence véritable n'est pas dans cette scène d'aveu. Bien sûr, je me suis sentie comme momifiée soudain, raide, laide, ridicule et figée dans mon vieux T-shirt informe, ravalée au rang d'accessoire, jetée aux orties de l'oubli tandis que me revenaient à l'esprit dans toute leur horreur nos précautions contraceptives, les coïts interrompus, la pilule du lendemain pour le dérapage de la veille, le bidet de sa salle de bains carrelée de blanc comme une morgue, la tisane abortive du souk Chaâd, nos disputes et nos réconciliations. Mais malgré tout, ce matin-là, je n'étais que blessée, je croyais pouvoir le reprendre, l'épingler à nouveau, mon papillon. Toute la journée, j'ai écrit — une autre lettre, plus longue que la première, plus prosaïque aussi, lui rappelant ses quatre vérités, son refus d'enfants, sa paternité ratée, la liberté, liberi aut liberté — tout. Une lettre d'amour, pourtant, une lettre pure, sainte, sacrifiée, qui travaillait davantage la pâte de son orgueil que le marbre de mon chagrin. Chaque mot pesé, chaque phrase ciselée : tout l'art d'écrire pour être aimée.

À vrai dire, j'étais plutôt sûre de moi. Au fil de la journée, je me convainquais que Jacques agissait par intérêt : il avait dû séduire la fille cadette du consul — « Tu la connais sans la connaître » —, cette petite mijaurée qui me traitait comme une employée et ne touchait pas une balle au tennis, et il comptait maintenant « réparer » tout en assurant sa carrière. Salaud de Jacques ! Il était capable de l'avoir fait exprès. Au pire, j'envisageais d'aller trouver le patron et de lui casser le morceau : Jacques m'avait promis le mariage, j'avais des témoins, des preuves, sa fille n'avait qu'à se rendre au souk Chaâd — très efficaces, ces recettes de bonne femme —, sinon je ferais un scandale, j'irais hurler jusque dans l'église, le beau-frère comte de La Trémoille en avalerait ses quartiers de noblesse.

Tout cela, naturellement, je ne le disais pas dans la lettre. Mais s'il avait fallu, je l'aurais exécuté point par point. J'avais un goût de sang dans la bouche.

J'ai fait porter le message par ma bonne directement chez Jacques, au consulat. Je voulais qu'il l'ait avant le soir, avant le bal.

Le reste de l'après-midi, je me suis préparée avec soin ; ma bonne est revenue spécialement me masser le corps avec un onguent de sa façon, j'ai passé deux heures chez le coiffeur ; le maquillage, le parfum, la robe, tout était parfait, comme si j'allais me marier moi-même. J'avais gardé un double de ma lettre et je la relisais de temps en temps, contente de mon style à la fois tendre et percutant. J'avais pleine confiance en moi, en mon talent.

Non, la vraie violence, ç'a été le soir, ce soir-là, lorsqu'il m'a rendu l'enveloppe pas décachetée — « J'ai préféré ne pas lire, tu vois, je sais d'avance tout ce que tu peux me dire » — et qu'il s'est fondu dans la foule, l'air affairé, me plantant là, ma lettre à la main, comme défigurée par son mépris, mortifiée, morte, à peine humaine.

La suite n'a été qu'un simple ricochet, une répercussion du coup reçu, l'onde du choc : je n'ai rien décidé, et malgré le réquisitoire de monsieur l'avocat général, quand je suis entrée dans le petit salon, ce soir-là, et que je les ai aperçus, la pire violence n'était pas à venir, comme il l'a dit — elle était passée.

Ils se tenaient très proches l'un de l'autre, dans la pénombre ; à la lueur de la lune, j'ai d'abord vu sa robe longue aux broderies traditionnelles — une Mogdoulienne..., je n'en revenais pas — puis je l'ai reconnue, elle, l'amante, l'amoureuse dont il acceptait l'enfant : c'était la petite jeune fille timide que j'avais croisée deux ou trois fois dans l'appartement de fonction de Jacques, souriant effarouchée par l'entrebâillement de la porte de la cuisine. Elle ne pouvait pas l'aider dans sa carrière ni le pousser dans le monde, elle ne pouvait pas lui imposer sa grossesse, elle n'était pas en mesure d'exiger quoi que ce soit, non : c'était Lilah, la fille de sa bonne.

Jacques n'était ni cynique, ni opportuniste, ni blasé. Il avait assez souffert pour avoir droit au bonheur. Il aimait la beauté, la naïveté, la virginité, l'innocence. Il rêvait d'être père, puisque la mère était un ange. Voilà ce qu'a dit (selon la traduction lyrique de son avocat) la bonne de Jacques au procès, pleurant dans les pans de son foulard toutes les larmes de son corps.

On se trompe tellement sur tout. Vous êtes en face de quelqu'un, vous lui parlez, vous tendez les bras vers lui : c'est comme si vous tiriez sur une cible tout au bout d'une très longue allée. L'autre est loin — rien ne l'atteint —, c'est effarant, cette distance.

VOYANCE

Camille a décidé de se lire l'avenir, mais c'est la dernière fois. De toute façon, si les troubles continuent dans le pays, il faudra tout mettre en cartons et s'en aller — et encore, peut-être devra-t-on s'estimer heureux d'attraper l'un des premiers convois de rapatriement. Dans tous les cas de figure, une même question se pose : Jacques ? Doit-elle abandonner, juguler son désir, revenir vers son mari qui prépare leur avenir, lui, en bûchant sa thèse — l'année dernière, il a établi les grandes lignes de son plan : il passait son doctorat, ensuite elle pourrait souffler un peu, au moins prendre un mi-temps, pour faire un enfant, par exemple. Elle doit donc se décider, revenir sur terre, trancher.

Elle se donne trois tirages, dont l'interprétation réglera définitivement — il le faut — la question posée : Jacques ? et toutes ses implications ou interrogations corollaires : M'aime-t-il ? Souffre-t-il ? Dois-je lui dire que je l'aime ? Dois-je cesser de le voir ? (L'idée l'effleure de demander aussi aux oracles comment va évoluer la situation sociopolitique en Mogdoulie et ce que va devenir Adi, mais on n'a droit qu'à un seul thème par séance, et Jacques est prioritaire.)

Camille se place debout devant sa bibliothèque, ferme les yeux, se concentre une seconde, pose la main sur un livre, le tire hors du rayonnage, l'ouvre au hasard, paupières toujours closes, pointe l'index sur une ligne de la page... de gauche, rouvre les yeux. La phrase clé est celle qui suit le premier point final rencontré dans le passage élu. Elle lit :

« Il est démontré, disait-il, que les choses ne peuvent être autrement : car tout étant fait pour une fin, tout est nécessairement pour la meilleure fin. »

Elle a une grimace de dépit : la voilà bien avancée, elle qui justement aimerait connaître la fin de tout ça, à quoi ça mène. Certes, si l'on s'en tient strictement à ce qui est écrit, il faut accepter les faits, la réalité objective : Jacques l'a à peine saluée, la dernière fois à la piscine, et il est parti avec la journaliste. Mais la journaliste a dû reprendre l'avion, depuis — quatre jours, déjà —, et la meilleure fin reste un mystère. D'ailleurs, elle aurait dû retirer *Candide* de ses étagères, l'ironie ne devrait pas compter pour les questions sérieuses.

Le second tirage s'avère encore plus décevant :

« X a un visage un peu exalté, A paraît troublée, M est énigmatique. »

Les lettres ne correspondent même pas à des initiales connues ! Camille ne s'y attarde pas, de toute façon c'est le rayon où son mari range les ouvrages nécessaires à sa recherche, elle n'est pas vraiment concernée. Elle ferme les yeux une troisième fois, choisit, les rouvre :

« Piler le foie et dix minutes avant de servir, l'ajouter à la sauce, ainsi que le sang réservé. »

Camille a envie de pleurer. C'est sa mère qui l'a forcée à emporter les œuvres complètes de Ginette Mathiot — « tu verras, bichette, ils ne savent pas cuisiner, dans ce pays » — et voilà qu'elle a gâché son dernier oracle. À moins qu'il ne faille creuser quand même ce conseil inepte, en tirer malgré tout un sens occulte… Deux destins se dessinent alors, assez contradictoires pour laisser à Camille toute la responsabilité du déchiffrage : soit elle opte pour la violence (arracher un œil pour en faire sortir le sang que l'on recueille dans un bol contenant du vinaigre), soit elle choisit la tendresse confortable du foyer familial (laisser cuire une heure et demie à feu doux). Ou elle s'extériorise (faire une incision entre les cuisses et l'anus, allant de la patte droite à la patte gauche), ou elle s'occupe davantage de son intérieur délaissé (disposer les morceaux dans un plat creux, parsemés de basilic ciselé). Oui, c'est sans doute encore la meilleure solution : privilégier la vie intérieure, cultiver son âme. Comme elle reste une intellectuelle, elle ne va évidemment pas passer le restant de ses jours aux fourneaux ! Mais il suffit d'adapter la prophétie de Ginette : son basilic à elle, ce sont les mots, les phrases. D'ailleurs, elle tenait ardemment son journal, autrefois. Elle n'a qu'à sublimer cet amour impossible envers Jacques et en faire un livre — elle ne serait pas la première à convertir la douleur en histoire. Cesser d'être la doublure des héroïnes passées, ne plus vivre aux crochets des autres — auteurs ou personnages ayant tous leurs vues personnelles — en essayant de les singer, ne plus lire l'avenir, mais l'écrire, et sans se préoccuper ni du passé ni de rien. Elle peut toujours essayer, voir si elle sait enfin nager sans repères. Après tout, son mari ne met pratiquement plus le nez dehors depuis un an qu'il rédige, elle peut bien faire la même chose, travailler à ses côtés. Elle lui doit bien ça.

C'est quasi décidé, déjà : elle va renoncer à Jacques pour le récit de Jacques, elle va l'oublier dans les mots, lui et son regard clair, le laisser bronzer tout seul comme un mufle à la piscine de l'hôtel. Elle souhaite presque une révolution, là, tout de suite, qu'un avion les emporte, qu'elle n'ait plus jamais à croiser ses yeux.

Elle hésite à confirmer cette décision par un ultime augure, elle craint de brouiller à nouveau l'horizon qui vient de se dégager devant elle. Elle caresse pensivement quelques reliures en regardant ailleurs, s'arrête — mais son mari entre dans la pièce, il voudrait lui parler, justement, il a quelque chose à lui dire. Camille sourit, oui, bien sûr, virgule, elle aussi ; sa main s'envole de dessus l'étagère.

La phrase qu'elle aurait lue dans un avenir très proche et qui maintenant s'éloigne gît toujours au milieu du livre. C'est un conseil déroutant, dont il est difficile de déterminer s'il s'applique à Camille ou à quiconque prétend diriger sa propre vie.

Néanmoins, il offre à la réflexion des lecteurs une piste assez intéressante pour que le livre s'ouvre à cette page :

« Souviens-toi que tu es acteur dans une pièce, longue ou courte, où l'auteur a voulu te faire entrer ; s'il veut que tu joues le rôle d'un mendiant, il faut que tu le joues le mieux qu'il te sera possible ; de même, s'il veut que tu joues celui d'un boiteux, celui d'un prince, celui d'un plébéien : car c'est à toi de bien jouer le personnage qui t'a été donné ; mais c'est à un autre de te le choisir. »

Manuel d'Épictète

W

... à la métaphore indispensable de la spirale, on pourrait ajouter celle du W infini, généralisé, qui implique du moins une progression plutôt qu'un gouffre.

Renaud Camus

WHISKY

Quand il est arrivé, je ne l'ai pas laissé parler. J'ai défait deux boutons de sa chemise et la lui ai enlevée par le haut — il s'est plié à mon désir, tendant les bras et baissant la tête comme un nageur qui va plonger. Pendant que je le déshabillais, serré contre le mur, je sentais sa queue se raidir, se dresser, gonfler, je l'ai prise dans ma bouche au passage, mais pas longtemps, je voulais qu'il soit nu complètement, je lui ai enlevé ses chaussures, des sandales de cuir brun qu'il a dû acheter ici — Jacques avait presque les mêmes, là-bas. Puis je l'ai repris, avec ma langue j'ai suivi ses contours, le bord du gland, les veines saillantes, le méat, j'avais la sensation de tenir entre mes lèvres un organe vivant, pulsatile, un cœur battant. Quand ses mains m'ont enserré les tempes, je me suis arrêtée, je l'ai guidé jusqu'au fauteuil comme un aveugle, j'ai relevé ma jupe et me suis empalée sur lui jusqu'au fond, jusqu'à la douleur. Lui-même avait le visage renversé en arrière, la tête de côté, les yeux fermés, et je me suis enivrée de ce spectacle, de son torse offert, abandonné, bénévole, de son sourire entre le martyre et l'extase — et ça m'était égal, soudain, qu'il n'ait jamais souffert autrement, qu'il ne connaisse jamais de moi, peut-être, que cette douleur-là, que je n'aie aucun moyen de le toucher, que celui-ci — la langue, la peau, le fond du ventre —, ça n'avait plus d'importance, ni de savoir qui de nous deux était la proie, la cible, l'arme, le coup, il n'y avait plus que cet accord parfait des corps, vagin et queue, gaine et couteau, j'avais terriblement envie qu'il soit heureux.

Plus tard, il m'a forcée à me relever, à m'arracher à lui, puis il est revenu, s'est renfoncé de toute sa force, et c'était comme s'il me restituait une pièce manquante, un morceau de moi-même qui m'aurait toujours appartenu, comme s'il me rendait à moi-même. Il était partout en moi — ses doigts, son sexe, sa langue —, et pourtant je me sentais moi-même incroyablement, comme jamais (comme pendant la grossesse, ai-je pensé le temps d'un éclair, peut-être comme quand on est enceinte : à la fois pleine d'un autre et comblée de soi-même — j'imagine).

Ensuite je nous ai servi deux whiskies — j'en avais pris une bouteille au bar, pour me tenir compagnie, je n'espérais plus que Jacques viendrait et je comptais boire au passé, à l'échec, prendre une bonne cuite. Je n'avais pas mis les pieds dehors depuis plusieurs jours, du moins pas plus loin que le kiosque de la rue, pour racheter l'un de ces minuscules cahiers d'école sur lesquels je suis forcée d'écrire à présent, et qui fondent à vitesse grand V. Jacques m'a dit que le calme régnait en ville, que tout était redevenu normal. Un coursier était même passé de porte en porte chez les figurants pour les informer que le tournage reprendrait le surlendemain : ils étaient convoqués à 19 heures à l'hôtel pour une nouvelle scène de bal (la dernière, sans doute, celle des fiançailles — le *grand soir*) et devaient porter smoking ou robe longue — une toilette différente de la précédente, on le rappelait aux dames. Nous avons un peu parlé du barman, Jacques ne savait même pas qu'il se prénommait Adi, depuis trois ans qu'il fréquentait la piscine..., pas plus qu'il ne connaît trois mots d'arabe — on ne peut pas s'intéresser à tout le monde.

Il était arrivé vers dix heures, il n'est reparti qu'au milieu de l'après-midi. Nous n'avons rien mangé entre-temps, « vivre d'amour et de whisky, mon rêve », a-t-il dit. Nous avons recommencé trois ou quatre fois, la dernière debout contre la porte, avant qu'il ne parte, j'ai hurlé, je crois, mais c'était moins bien, il avait repris cet air de guetteur qu'ont souvent les hommes dans ces moments-là — ils espionnent le vertige, la faiblesse humaine, traquent les signes de leur pouvoir. J'ai apprécié, pourtant, qu'il ne se départisse jamais du *vous* qui forme la trame de notre relation, même pour me dire « à jeudi, au bal, venez avant minuit », sur le seuil, gai, insouciant, rieur, comme s'il savait qu'il fallait garder ses distances avec moi, pour que je ne me fâche pas, que je me sente libre, comme si la distance instaurée par les mots, annulant la fusion des corps, rétablissait ma liberté — même pour dire « Je vous aime », s'il l'a dit, je n'en suis pas certaine, ou bien « Je vous ai » ? comme si *vous* laissait une plus grande marge de manœuvre, la possibilité de se dégager, là où *tu*, là où *Je t'aime* happe tel un piège à loups et serre jusqu'à broyer les os ; il m'a semblé l'entendre, *je vous aime*, comme si la réciproque n'allait pas de soi et que l'autre restât maître du jeu, libre de tout, comme si j'étais libre de ne pas répondre, de ne pas entendre, comme si c'était ça, la liberté.

X.Y

X : Symbole littéral de l'inconnue mathématique.

Y : Symbole littéral désignant une seconde inconnue, ou une fonction de la variable x.

Dictionnaire Le Robert

X

Après le départ de Jacques, j'ai dormi un peu. Un cauchemar a dû me réveiller, car j'étais en sueur, le cœur battant, et ces mots flottaient en moi comme un reste de rêve fuyant : « Tu es en retard. » J'avais la sensation d'être une petite fille assidue qui, pour la première fois, n'a pas fini ses devoirs parce qu'elle a préféré cueillir des fleurs.

Je suis restée allongée dans l'ombre — la nuit était là — et j'ai récapitulé, les yeux fixés sur le plafonnier :

Dès ton arrivée ici, tu as conçu deux projets. Où en sont-ils ? Où ? Le premier ne dépend plus guère de toi, c'est vrai : tu as fait tout ton possible pour qu'il aboutisse, et même un peu plus..., de toute façon tu en connaîtras bientôt l'issue. Mais le second ! Tu l'as bien négligé, et au profit du premier, pourtant infiniment plus aléatoire. Tu t'es laissé déborder, ce n'est pas bien. Il faut rectifier le cap.

Alors je me suis levée d'un bond, j'ai enfilé mon peignoir et je me suis assise à ma table dans l'intention de ne plus en décoller de la nuit, de rattraper le temps perdu. J'ai commencé par relire mes notes, ce qui a confirmé tous les reproches que je venais de m'adresser : j'ai constaté rapidement que j'avais abandonné en cours de route le personnage que je m'étais promis de creuser le plus : depuis que j'ai changé de carnet, en effet, plus trace de Camille ; à peine une mention d'elle en arrière-plan sur la vidéo du journal télévisé. Disparue, rayée de la carte ! On ne peut même pas dire que l'auteur a tué son personnage ou s'en est débarrassé comme dans un vulgaire feuilleton, non : il l'a tout simplement ou-bli-é.

Certes, j'avais peu d'éléments la concernant : les quelques observations faites par Adi, les deux ou trois renseignements fournis involontairement par Henriot, mes propres interprétations physiognomoniques, ma petite idée. Mais j'ai toujours travaillé ainsi, avec des bribes. Tout personnage est un puzzle, un condensé d'imaginaire et de réel : cette voyageuse dans le train, qui porte un manteau rose et lutte contre le sommeil, cet homme à son balcon, lunettes cerclées d'écaille, musique de Bach s'échappant de l'intérieur, un livre à la main (quel livre ?), cet enfant sur le trottoir dont, à bien le regarder, vous pourriez décrire le père, ne les connaissez-vous pas suffisamment pour en écrire l'histoire ?

Pour Camille, ç'a été plus simple encore qu'à l'ordinaire : pas de rapport de détective, mais une rencontre en prise directe, quoique muette (nos regards se sont croisés une seule fois, je me rappelle). J'ai vu tout de suite quel parti j'allais en tirer, quel personnage : une Emma Bovary de la culture, rêvant sa vie dans la littérature comme l'autre dans les keepsakes, tout en fonçant tête baissée vers le ratage et l'abîme. Je comptais aussi y mettre de moi, sans doute, c'est naturel, mais je ne peux guère donner dans le style « L'autre est Je », « Camille, c'est moi », parce que, si c'était le cas, depuis x temps que j'ignore ce qu'elle devient, je me serais totalement perdue de vue !

Non, l'évidence s'est imposée tranquillement en feuilletant mon nouveau cahier, et j'ai dû la reconnaître : j'avais cessé de penser à Camille (c'était peut-être un peu sa faute aussi — un tel manque d'éclat. L'autre jour, à la piscine, elle n'a même pas essayé de lutter. Une authentique discrète, elle !) ; je l'avais donc affranchie du statut de personnage, et son modèle, vague silhouette entrevue naguère au bord de l'eau, pouvait aller se rhabiller et partir au diable vivre sa vie, je m'en moquais. Car là était le pire : ça m'était complètement égal.

Seul Jacques m'intéressait.

« Seul Jacques t'intéresse. » Cette phrase m'a martelé la tête des heures durant, heurtant de front les mots du réveil : « Tu es en retard. » Vers minuit, je me suis dit qu'il fallait recommencer, tout reprendre à zéro, retracer le plan noir sur blanc. Le plan principal, s'entend, c'est-à-dire celui du roman.

« Car, ai-je dû m'enfoncer dans le crâne sous la lueur blafarde de la lampe, car ton projet principal, lorsque tu as aperçu Jacques à la piscine, a tout de même été *d'abord* d'en faire un livre » — encore que, je ne sais pas, peut être *l'autre* a-t-il germé en même temps. Toujours est-il qu'il s'agissait de replonger dans l'écriture, dans la maîtrise de l'écriture, ne fût-ce que par nécessité : les droits achetés par Fellini s'épuisent vite, et il faut bien gagner sa vie.

Donc, s'y remettre. J'en avais envie comme de me pendre.

J'ai décidé de tout revoir, de A à Z.

Le projet initial prévoyait une structure en boucle : on partait du bord de l'eau, on finissait au bord de l'eau, la piscine et le bar constituant en quelque sorte le lieu de l'intrigue. Le lecteur devait comprendre à la fin que tout s'était produit en quelques minutes, que l'espace entier du roman ne couvrait qu'une durée infime, celle de la *conception* de l'œuvre : tout l'avenir du texte existait là en germe, on assistait à la fécondation romanesque, à ce moment toujours mystérieux où a lieu la rencontre entre l'esprit et l'idée, d'où naîtra le livre. La narratrice repérait ce couple au bord de l'eau et elle enclenchait la machine, elle pilotait le bateau. On devait comprendre que tout était inventé — invention pure. Certes, c'était un peu vexant pour le lecteur, cette façon de faire exploser l'illusion littéraire — mais n'était-ce pas là le but ultime : piéger tout le monde ? Et m'en aller.

Mais ça n'a pas fonctionné comme prévu ; car pendant que je réfléchissais à mon architecture parfaite, la vie continuait, elle déroulait ses filets, ses fils, elle compliquait l'algèbre dont je me croyais maître, y introduisant sa part d'inconnu, sa variable aléatoire. La phrase de Jean-René Huguenin tant admirée par la consulette m'est revenue à la mémoire : « La vie est un roman qui dit tout. » On pourrait préciser le genre de l'ouvrage : c'est un roman policier, qui dit tout dans la dernière page ; voilà pourquoi nous restons longtemps errants et perdus au fond du labyrinthe, ignorants de notre sort jusqu'à la FIN.

« Et maintenant, seul Jacques t'intéresse » : je ne pouvais plus rien penser d'autre, plus rien élaborer qui ne me semble aussitôt dérisoire.

J'ai encore lutté, pourtant — toute la nuit, comme la chèvre de M. Seguin. J'ai pris les choses sous un autre angle, je me suis dit que peut-être, puisque je n'arrivais plus ni à fouiller les personnages ni à structurer l'histoire, je pourrais me réfugier dans les textes passés, me mettre sous l'aile des livres achevés, en tirer secours, comme Camille, en quelque sorte. De toute façon, j'avais des citations à vérifier, et puis l'exergue à choisir. C'est capital, un exergue : d'une certaine manière, tout y est dit, tout l'édifice y est dessiné — par un autre, certes, mais puis-je encore prétendre découvrir seule le nombre d'or ?

Vers cinq heures, je suis donc descendue au rez-de-chaussée de l'hôtel. Le petit groom, à son poste dans le hall désert, a baissé les yeux en m'apercevant, je l'ai rassuré comme j'ai pu d'un sourire maternel. Il s'appelle Zadig — Zadig ! je n'aurais pas osé l'inventer. Il m'a conduite à la bibliothèque, qu'il a ouverte avec son passe et, sa confiance revenue, m'a débité un boniment sans doute appris par cœur au moment de son embauche — cette bibliothèque a été créée dans l'hôtel pour complaire à ses plus illustres visiteurs, originaires du monde entier — Churchill, de Gaulle, Alain Delon, le shah d'Iran, Sophia Loren, Gandhi, la reine d'Angleterre, Napoléon... — et pourquoi pas Voltaire, pendant qu'il y était ! Bref, des ouvrages de langues et d'horizons très divers se trouvaient là rassemblés, des anthologies, des dictionnaires, tout à fait ce qu'il me fallait : une espèce de banque centrale. J'ai donné trente dranirs à Zadig et je lui ai demandé d'aller m'acheter le journal.

J'ai retrouvé facilement la citation que je cherchais — il est vrai qu'en prison j'ai entretenu mes compétences de documentaliste. Il s'agit d'une phrase de Proust qui s'applique exactement à mon *projet* (c'est bien le mot) : « Nous appelons notre avenir l'ombre de lui-même que notre passé projette devant nous. » Car le rôle d'une épigraphe, après tout, consiste aussi à miner les certitudes que le lecteur serait tenté d'avoir sur le seuil, avant l'ouverture du livre, grâce au titre. J'aime l'idée de prévenir ainsi toute erreur, et que chacun sache bien que l'avenir, c'est le passé — l'aurais-je moi-même oublié ? Borges, mon maître ès bibliothèques, ne dit rien d'autre, citant Dunne : « L'avenir, dans ses détails et ses vicissitudes, existe déjà », ni Flaubert avant lui : « L'avenir est ce qu'il y a de pire dans le présent. » Au fond, si j'inventorie bien mon butin, je vois que ce titre, choisi de chic pour satisfaire aux questions d'Adi, convient mieux encore à un roman qu'à un journal, parce qu'il concentre toutes les interrogations contradictoires, toutes les réponses paradoxales dont nous vivons, dont nous mourrons. Le a qui l'inaugure rend bien compte de cette ambiguïté. Car même si l'étymologie en fait un *mouvement vers* — l'advenir, ce qui va venir, ce vers quoi l'on vient —, cette voyelle initiale qui ouvre aussi l'alphabet traduit d'abord un manque — l'ab-venir, l'abstention, l'absence, ce qui ne viendra jamais. L'alpha contient son oméga, la vie la mort. L'avenir n'a pas de fin, il est toujours déjà fini. *No future.*

Ces réflexions ne m'ont guère encouragée à poursuivre, je l'admets. J'ai fouiné encore un peu dans Rilke (« L'avenir est fixe. C'est nous qui nous mouvons dans l'espace infini »), Valéry, Nietzsche, les poètes, les philosophes. Mais mon esprit voguait ailleurs. Pour être tout à fait sincère, je me fichais éperdument de trouver par quoi commencer le livre. Mon obsession, c'était plutôt : comment tout cela va-t-il finir ?

Je suis remontée dans ma chambre avec le journal du matin. Le soleil se levait. J'ai fait quelques préparatifs, un brin de toilette, puis j'ai parcouru le journal. Ils se repaissent toujours de l'affaire Sabit. On a trouvé à son domicile des cassettes X sur lesquelles on distingue le bras d'un homme, lui-même hors champ, menaçant des enfants d'un revolver sur la tempe. Le barman en personne ? On recherche les enfants — et l'arme. Les pires éventualités sont à craindre. Du côté des gouvernements, le temps est au beau fixe : on travaille main dans la main, le train de la coopération internationale progresse sans aucun cahot, l'avenir verra les roses renaître, clament les journalistes dans leur prose non moins fleurie. Une nausée m'est venue, soudain, je suis allée vomir dans la salle de bains. Aurais-je perdu de ce cynisme qui me galvanisait, naguère ?

Mon réveil a sonné bruyamment. Il est huit heures. La notice recommandait d'attendre une heure et demie, j'ai suivi scrupuleusement les instructions. C'est maintenant.

Je me suis penchée vers le miroir comme au-dessus d'une boule de cristal. Il était un peu embué par la chaleur de la salle de bains, mais le cercle brun s'y dessinait, parfaitement lisible au fond de l'éprouvette : je suis enceinte.

L'avenir. L'amour. L'attente.

YESTERDAY

J'aimerais pouvoir dire qu'ils sont vivants quelque part, que Jacques poursuit une brillante carrière de poste en poste, qu'il a depuis longtemps été promu consul — consul de France, ce titre le fascinait. C'est ce que je voulais faire, dans mon dernier roman, qu'il s'en tire avec un bras fracassé, simplement, mais mon avocat m'en a dissuadée ; il m'a dit que dans le domaine des Lettres, beaucoup de gens portaient plainte parce qu'un romancier les traînait dans la boue ou les massacrait abusivement, mais que pour autant, il ne serait pas forcément mieux apprécié par la famille qu'à l'opposé je fisse vivre dans mon livre un homme que j'avais assassiné dans la vie.

J'ai donc dû renoncer aussi à cette fiction-là. Jacques est bien mort et enterré. Mais je me prends à rêver que le film aura une fin différente : après tout, Francesco Fellini a pu prévoir pour *Oz* un happy end — les producteurs le lui ont peut-être imposé, eux qui, dit-on, si les lois du marché l'exigeaient, n'hésiteraient pas à faire gagner la dernière guerre aux Allemands. Oui, parfois j'espère qu'ils changeront ainsi le cours de l'histoire : ce serait la moindre de leurs trahisons, puisque je l'ai voulu moi-même.

Je regrette, aujourd'hui plus que tout autre jour. J'aurais préféré lire tous les ans dans le « Carnet du Monde » les faire-part de naissance de sa progéniture, qu'il n'eût pas manqué d'y publier, j'en suis sûre, quoiqu'il ne lût que *Le Figaro*, il l'aurait fait pour moi, pour que je le sache, moi qui jadis m'y plongeais chaque soir avec délice (il n'aurait pas su, bien sûr, que j'avais interrompu mon abonnement en prison, où l'on m'aurait de toute façon jetée, même si je l'avais raté : il ne m'aurait pas trouvé d'excuses). Il l'aurait fait, je le sais, pour se venger de moi, par inconscience de ses propres torts, oubliant le malheur, la menace du temps, il l'aurait fait par vanité, montrant combien le cœur peut se vider de toute humanité, de tout amour. Et puis il y a tant de gens qui feraient n'importe quoi pour avoir leur nom dans le journal ! Mais comme tout un chacun ne trucide pas son prochain ni ne dirige un réseau de prostitution, ils n'ont souvent d'autre solution que de vendre une armoire normande, « t.b. état, tél. à M. X, h.b. »... ou de faire des enfants, « M. et Mme Y. ont la joie d'annoncer... ».

En l'occurrence, pendant des semaines, Jacques a eu son nom maintes fois dans le journal. Mais j'ai choisi pour lui la circonstance. Après tout, mourir est un moyen élégant d'apparaître dans *Le Monde* au moment où vous en sortez. Évidemment, la vanité s'en trouve peu flattée. Mais la modestie n'est-elle pas la seule élégance véritable ?

À présent, Jacques gît couché sous la dalle au cimetière de La Bouille. C'est un petit port de plaisance normand, qui fait le gros dos sous les calembours — et en effet, je n'ose imaginer ce qu'est ton visage devenu, Jacques, mon Jacques d'hier, Jacques Millière. J'y suis allée l'année dernière, lors d'une sortie conditionnelle. Rien n'était écrit sur le marbre blanc, que ses dates — la date de sa mort. Plus qu'un pèlerinage, ce devait être, à mon propre insu, une sorte de repérage informel, déjà, puisque je me souviens maintenant, comme si ce détail était resté fluctuant dans la pénombre de ma mémoire, mais actif, agissant, déterminant même, je me souviens avoir lu, sur un caveau voisin tandis que j'avançais au hasard des allées, cette épitaphe qui m'a inspiré mon plus beau titre et pourrait lui servir d'épigraphe — je me suis arrêtée parce que ce mort aussi s'appelait Jacques, je me souviens, il était mort plus jeune encore, à vingt-huit ans, et l'inscription disait ces vers d'Apollinaire :

Habituez-vous comme moi
À la souffrance que j'endure
Et vous connaîtrez l'Avenir.

Je regrette. J'aimerais pouvoir dire que je n'ai pas visé, que je l'ai manqué, qu'il est en vie quelque part. J'aimerais que ce soit vrai, parce qu'on oublie plus facilement les vivants que les morts, et j'ai terriblement envie d'oublier Jacques. Cette ombre qu'il projette sans cesse sur moi, sous mes pas, devant moi, je veux l'effacer, dégager mon ciel. J'en ai assez de marcher, quelle que soit l'heure, accompagnée de cette silhouette obscure — oh there's a shadow hanging over me. Je veux être la femme sans ombre, et vivre dans la lumière de midi, les lendemains qui chantent.

Autrefois, j'écrivais. Quand j'ai rencontré Jacques, l'écriture était encore une sorte de divertissement raffiné, un jeu brillant — mon luxe à moi. Un moyen de séduire, aussi, plus imparable que la beauté d'un corps ou d'une robe. Un mode de vie, enfin, comme d'autres jouent au tennis ou au golf, ou voyagent en Concorde. D'ailleurs, pendant l'âge d'or avec Jacques, sous mon règne (« Ce n'était pas sous ton règne », notait Jacques en souriant lorsqu'il racontait ses frasques passées), j'ai cessé d'écrire — écrire est devenu à la fois un souvenir et un projet, cela n'avait plus aucune raison d'être puisque j'étais aimée.

En prison, naturellement, j'ai recommencé : quand on a supprimé le corps de quelqu'un, il ne reste plus que ça : la langue écrite, ne serait-ce que pour échapper aux conversations du gynécée. Car une centrale pour femmes s'apparente au harem : il y a celles qui pensent encore être élues, et les autres, plus nombreuses, qui n'y croient plus. Mais sans doute est-il plus facile d'imposer la Mort à une vie que le mot Fin à un livre. Oui, le jeu s'est changé en calvaire ; prendre des notes, griffonner sans penser aux mots, passe encore : on est sur le qui-vive, on vibre d'un mouvement qui pourrait ressembler à la vie. Mais lorsque ensuite il faut se colleter avec la langue, avec le silence — car les deux sont alliés, on se bat contre les deux —, ça n'a plus rien d'une partie de golf : du catch à trois, plutôt, l'humour en moins, et lorsqu'on n'est pas aussitôt terrassé, on n'arrache à l'ennemi que des petits bouts de chair moisie, des restes de mues, des peaux mortes, et l'on n'a pas figure plus humaine que Jacques à La Bouille. « C'est excellent, pour vous, d'écrire, rabâchait Morand, le psy de service. Dans ce milieu clos, carcéral, cela constitue un espace de liberté, un lieu de vie. » Tu parles, Charles… Écrire, c'est-à-dire mourir.

Plusieurs fois, toutes ces années, j'ai pensé arrêter, sortir de cette gangue funèbre qu'est l'écriture, quitter ce tombeau pire que la geôle et me contenter de lire, simplement, de parcourir la bibliothèque en connaisseuse avertie. Ce n'était pas logique, bien sûr : s'il existe quelque chose de plus stupide qu'écrire, c'est lire ! Lorsqu'on écrit, du moins a-t-on conscience de côtoyer le néant — cela peut passer pour de l'intelligence. Mais lire, c'est regarder la mort sans la voir, sans y croire, les yeux béants, les yeux béats. Par définition, des mots couchés sur le papier y gisent morts parmi les morts : tous ces mouvements de paupières, ces battements de cils, ces déplacements de pupilles au-dessus du texte lu sont dérisoires, c'est comme secouer un cadavre dans l'espoir de le ressusciter. Ainsi la pauvre Camille, pour revenir un instant à elle, nage dans l'absurdité la plus totale : les livres qu'elle consulte ne peuvent rien lui apprendre sinon, et pour cause, que la vie est ailleurs. J'en tiens pour preuve que presque tous les romans ont été écrits au passé : ils conjuguent la mort à toutes les personnes. Moi-même j'ai rêvé d'un livre au futur. Mais ça ne tient pas : rédigez seulement dix lignes au futur, et voyez le résultat : aucun lecteur (et aucun auteur) ne peut s'y projeter sans ennui — une catastrophe immédiate. Non, la littérature est une machine à fabriquer des souvenirs et de la mort, une manufacture de testaments. Aucun roman n'a jamais fait de projet d'avenir.

Moi, je vais laisser tout ça, quitter l'ombre pour la proie — la vie —, qui n'est peut-être qu'une autre illusion, mais incarnée, charnelle : je n'en demande pas plus. Reprendre corps.

Ce revirement est brutal, je le sens bien, j'en ai des vertiges comme après une valse ! Mais il est volontaire et joyeux, comme l'événement annoncé : j'ai consulté mes oracles, et mon marc de café, en cercle sage au fond d'une éprouvette, m'a livré ses augures. Je vais avoir un enfant. L'avenir, c'est sa vie. Certes, il y a autant d'enfants possibles que de romans, autant d'hommes que de livres, avec la même infinité de combinaisons : XX-XY — l'alphabet, le même degré, à perte de vue, d'inconnu. Mais même si tous n'étaient pétris que d'une semblable poussière, les premiers auraient toujours un don que n'ont jamais prodigué les seconds : celui d'aimer.

Être mère, c'est-à-dire être aimée.

La sagesse, au fond, c'est Thierry qui la possède, Thierry, le fils de Jacques, « Tiers Y », comme l'appelait son père, quelquefois — le troisième couteau en marge du couple maudit. Il a trouvé la troisième solution : ni lire ni écrire. Compter. « Et pour qui compte-t-il ? » demandait le psychiatre, ravi de son excellent jeu de mots, tandis que Thierry égrenait les chiffres hebdomadaires de la météo, tous les scores de Wimbledon et les calories de ses derniers repas.

Je suis comme toi, Thierry que je ne connais pas. Je veux seulement compter. Compter pour quelqu'un.

Qui peut, maintenant, m'en empêcher ?

Z

Ce Z [...], cette dernière lettre de l'alphabet, offrait à l'esprit je ne sais quoi de fatal [...]. Ne figure-t-elle pas le zigzag aléatoire et fantasque d'une vie tourmentée ?

Balzac

ZIGZAG

Camille s'est fait maquiller sans un mot, elle se serait même laissé fourrer du coton dans les joues comme on fait aux morts, pour adoucir un peu la rigidité tragique du visage qu'elle fixe à présent dans le miroir du bar — « c'est toi », se dit-elle, incrédule —, elle a mis sa robe noire à col montant, on dirait une veuve de guerre, c'est un peu ça, d'ailleurs.

Son mari va la quitter, en fait il l'a déjà quittée depuis des mois, mais cette rupture ne s'était pas matérialisée par une absence physique, ni formalisée sous l'espèce de cartons, de valises, ni verbalisée par une explication nette, aussi n'a-t-elle rien perçu de son départ, on ne saurait lui en vouloir, d'ailleurs son mari ne lui en veut pas.

Il est entré dans le bureau où elle achevait ses prophéties et lui a déclaré tout de go qu'il s'en allait avec Daniel. — Daniel ? a-t-elle répété. — Oui, Danièle, la femme de Jacques.

Ils sont amants depuis plus de six mois — « tu sais, ce week-end d'octobre où tu as absolument voulu t'inscrire au même stage que Jacques, à Mogdoul » — et c'est devenu une histoire trop sérieuse pour prolonger plus longtemps l'hypocrisie.

— Mais, a bredouillé Camille, comment sais-tu que c'est sérieux ?

— Par comparaison, a répondu son mari.

Car depuis six ans qu'ils sont mariés, il a eu au moins dix maîtresses — mais qui ? s'extasie Camille — on ne peut pas lui en vouloir non plus d'avoir cherché ailleurs, avec une femme toujours dans les bouquins, dans les nuages, au lit le calme plat, la mer étale, lui aime la vie, il veut vivre, lui. — Mais avec qui ? — Je viens de te le dire. —Non ; avant… — Oh ! avant… Si tu savais, ma pauvre… N'importe qui, x ou y, ce qui se présentait.

Il a eu beaucoup d'occasions, elle peut le croire, les Mogdouliennes sont très… il y en a même qui guettent la sortie de l'épouse puis viennent sonner à la porte et demandent si elles peuvent prendre une douche ; et lui, eh bien il a saisi chaque fois la balle au bond — il-n'en-a-pas-ra-té-une.

— Vous désirez ?

Camille sursaute, euh, oui, qu'est-ce qu'il propose ?

Le nouveau barman a eu peu de temps pour se familiariser avec les cocktails maison, mais il est en mesure de lui servir un *Palace Pink Future.* Elle se saisit du verre, en boit une longue gorgée, regarde au loin la piscine bleue, soupire.

L'avenir n'est plus ce qu'il était.

— Et Jacques ?

— Jacques est au courant. Il est très cool.

Son mari prétend que Jacques le sait depuis plusieurs semaines, que Danièle le lui a dit il y a un mois au moins, mais ça, Camille ne le croit pas — ce n'est pas possible.

Ils ont discuté encore un bon moment, puis son mari a souhaité retourner à sa thèse ; il s'est approché d'elle, lui a mis les deux mains sur les épaules dans une attitude paternelle assez déplacée, a-t-elle trouvé, et lui a affectueusement déclaré : « On s'est tout dit, je crois. Il me semble qu'on peut mettre le point final. »

Camille n'a pas répondu : le point final, virgule, espèce de faux cul.

Puis, comme elle ne supportait pas de laisser s'installer le silence sidéral et sidéré qui suit peut-être, après tout, certaines paroles décisives, elle a rajouté, cinglante (« la mer étale », quel fumier) :

— Le conte de fées, en somme : *Ils furent heureux et eurent beaucoup d'enfants.*

Son mari a reculé d'un pas, une ombre est passée dans ses yeux, mais brève, puis il a dit gaiement :

— Pas tout à fait, non : Danièle ne peut pas avoir d'enfants. Tu ne le savais pas ?

Bien sûr, il reste une dernière carte à jouer, mais Camille ignore si c'est un atout maître ou un deux de carreau — elle ne connaît pas son propre jeu. Elle a préparé une lettre pour Jacques, elle est là, qui dépasse du petit réticule de soie noire assorti à sa robe, elle la lui donnera peut-être, si elle le voit, s'il vient, si seulement il vient. Elle a mis un temps fou à l'écrire — Dieu, que vais-je lui dire, et par où commencer ? — et finalement elle est retombée dans son travers : la lettre n'est pas d'elle, elle en a trouvé le texte dans un livre, un poème de Supervielle, exactement, mais il a été écrit tout exprès pour elle, pour exprimer la douleur et l'espoir qui l'étreignent, la prière que soit levé sans un mot le mystère de l'amour, traversé le miroir, abattue la muraille, déchiffré le secret.

C'est son va-tout. Maintenant, après tout, pense-t-elle, Jacques est libre.

Mais plus elle y pense, plus sa tête tourne (il y a trop de tequila dans son *Pink Future*), plus les mots prennent un autre sens ; elle se sent prise d'un vertige vague, cernée d'une vague floue, elle délire. Il paraît qu'au souk Achour, dans la vieille ville, des femmes vendent des philtres magiques. Ce serait peut-être une meilleure solution que sa lettre faussaire, elle en Yseult, lui en Tristan — elle connaît le livre par cœur. Mais ce n'est pas un livre, et dans la réalité — « la réalité existe aussi » —, rien ne peut contraindre Jacques à l'aimer ; car Jacques est libre.

S'il me refuse, pense-t-elle — son sang se fige, c'est comme si c'était fait. Avant sa conversation conjugale, elle avait plus ou moins décidé d'entreprendre un roman, de panser ses plaies avec des mots. Mais là, soudain, un tel projet lui paraît dérisoire : elle ne sait même pas écrire une lettre, alors un roman ! Elle ne pourrait pas même en esquisser l'incipit, toute son œuvre n'est faite que d'exergues : c'est ainsi, elle a besoin d'être guidée, qu'une voix à la fois étrangère et familière lui montre le chemin à suivre, lui en dévoile le sens. Elle lit pour connaître sa vie. D'ailleurs, c'est bien simple, elle serait tout bonnement incapable de s'asseoir à sa table, de prendre une feuille et de commencer, pour la seule raison qu'elle ne peut pas écrire : *Je, moi je* — c'est à peu près comme de tomber d'un navire en pleine mer, une espèce de cri dont elle n'est pas sûre qu'elle le pousserait si cela arrivait, « *Je* me noie », « aidez-*moi* », elle choisirait peut-être le grand linceul de l'océan, le silence bruissant de la mer. À l'opposé, elle répugne aussi à dire « il, elle », à tenir les personnages au bout de pincettes mondaines, à distance, d'ailleurs elle ne saurait pas plus imaginer la vie des autres qu'elle n'invente la sienne, sauf en rêve. Non, à la rigueur pourrait-elle user de la deuxième personne, *tu, vous*, comme Perec, Butor ou Winckler, comme tous les autres aussi, au fond, parce que, pour elle, les livres fonctionnent comme le miroir du bar où elle se surprend à sourire, tous les romans qu'elle aime la tutoient, l'apprivoisent, la reflètent, l'appellent, tous sont des miroirs d'elle-même, ils la regardent et lui murmurent — dans la passion, dans la souffrance, dans le bonheur, dans l'attente — : « Tu vois, c'est toi. »

— Tiens, c'est toi, dit-elle à Henriot qui vient de se jucher à côté d'elle sur le tabouret.

La rumeur a colporté qu'Henriot a été interrogé par la police — on aurait trouvé son nom dans l'agenda d'Adi (à propos, songe-t-elle alors, mais de très loin, et le revolver ? Personne ne l'a délogé, apparemment, il est bien où il est. Quant à l'argent, elle a déjà prévu comment s'en débarrasser — elle va acheter les vingt volumes des *Mémoires* de Saint-Simon).

— Oui, dit-il, ravi. Je viens te faire mes adieux, ma vieille.

— Ah ! bon ? Tu t'en vas ? (Elle n'en peut plus de sa condescendance, de sa manie de l'adjectif, à ce sale con.)

— Oui, demain.

Henriot rayonne. En fait, il a reçu ce matin son arrêté de nomination, il est promu au grade d'inspecteur d'académie et doit regagner son poste sans tarder. Il quitte la Mogdoulie demain, Juliette le suivra avec les enfants et le déménagement.

— Félicitations, dit Camille, effarée (la mère Henriot s'appelle Juliette !).

— Tu bois quelque chose ?

— Euh, oui, merci. Un autre.

— Deux autres, dit Henriot sans un regard au barman. C'est dommage, enchaîne-t-il, j'aurais bien aimé fêter ça avec Jacques aussi, mais il m'a filé entre les doigts, là, à l'instant, il est parti du côté du harem, on aurait dit qu'il avait le feu au derrière, ce pauvre Jacques.

Camille se fige. Le sang qui coulait fluide en elle se solidifie, il s'est retiré du visage et se durcit quelque part dans la région du cœur, elle devrait faire semblant, donner le change, mais avec Henriot ce n'est pas la peine, lui qui préférera toujours les cahots de la chaise de poste au chaos de l'âme, qu'il pense ce qu'il veut, elle s'en moque. Elle glisse au bas de son tabouret en attrapant d'une main sa bourse noire — Allons. Pourquoi frémir ? Et quel trouble soudain me glace à ce discours et fait trembler ma main ? — et se dirige vers l'intérieur de l'hôtel ; elle voudrait courir, mais sa démarche est trébuchante, mal assurée, zigzagante — vous avez déjà essayé de courir en robe du soir ? Henriot la suit des yeux, cette pauvre Camille est complètement à la masse, elle va à l'opposé du plateau où un mégaphone justement les appelle — le tournage va commencer dans dix minutes, le metteur en scène donne aux acteurs les dernières consignes, Henriot a le temps de finir son verre. Il sourit au barman, tend la main vers l'enveloppe blanche abandonnée sur le comptoir, tiens, qu'est-ce que c'est que ça ? À côté gît un jeton d'accès numéroté sur lequel est imprimé en lettres noires : OZ, et le chiffre 13. La lettre n'est pas cachetée, elle n'est pas adressée. Henriot la déplie. C'est une feuille entièrement vierge, à l'exception de trois lignes tout en bas qu'Henriot lit, le sourire aux lèvres (complètement allumée, la pauvre) :

Il n'en resta que cette page blanche
Où nul ne lit, où chacun pense lire
Et qui se donne à force de silence.

ZYGOTE

Tu entres. Tu marques un temps d'arrêt sur le seuil. Ton visage est sans expression : il n'y a pas encore d'avenir dans tes pensées, tu ne fais que voir, qu'enregistrer.

Ils se tiennent debout près de la baie, dans la pénombre tu pourrais presque confondre sa robe à elle avec le rideau bleu qui bouge, et croire qu'il est seul, et qu'à cette fin il s'est retiré là, dans ce salon fermé, pour fumer ou regarder le phare sur la mer. Tu entends au loin les rumeurs de la fête. Au bout d'un moment, tes yeux s'habituent, le couple se dessine. Des vêtements gisent déjà par terre — sa veste de smoking, son châle. Leurs mains nues brillent dans la lumière. Alors seulement, en même temps que reviennent les souvenirs d'amour ils s'effacent, et l'avenir paraît : tu sais qu'après l'avoir fait, tu ne seras plus libre, mais tu n'es pas libre de ne pas le faire. Tu t'empares du revolver, tu lèves le bras à l'horizontale, comme on promet, comme on jure, tu appuies sur la détente, tu tires vers eux sans viser, ils se retournent, tu l'aimes encore, tu l'aimes toujours.

Silence. Moteur. Action.

DU MÊME AUTEUR

Aux Éditions P.O.L.

INDEX, 1991
ROMANCE, 1992 (Folio n° 3537)
LES TRAVAUX D'HERCULE, 1994 (Folio n° 3390)
PHILIPPE, 1995
L'AVENIR, 1998 (Folio n° 3445)
QUELQUES-UNS, 1999
DANS CES BRAS-LÀ, 2000. Prix Femina.

COLLECTION FOLIO

Dernières parutions

3228. Molière	*Le Tartuffe.*
3229. Molière	*Dom Juan.*
3230. Molière	*Les Femmes savantes.*
3231. Molière	*Les Fourberies de Scapin.*
3232. Molière	*Le Médecin malgré lui.*
3233. Molière	*Le Bourgeois gentilhomme.*
3234. Molière	*L'Avare.*
3235. Homère	*Odyssée.*
3236. Racine	*Andromaque.*
3237. La Fontaine	*Fables choisies.*
3238. Perrault	*Contes.*
3239. Daudet	*Lettres de mon moulin.*
3240. Mérimée	*La Vénus d'Ille.*
3241. Maupassant	*Contes de la Bécasse.*
3242. Maupassant	*Le Horla.*
3243. Voltaire	*Candide ou l'Optimisme.*
3244. Voltaire	*Zadig ou la Destinée.*
3245. Flaubert	*Trois Contes.*
3246. Rostand	*Cyrano de Bergerac.*
3247. Maupassant	*La Main gauche.*
3248. Rimbaud	*Poésies.*
3249. Beaumarchais	*Le Mariage de Figaro.*
3250. Maupassant	*Pierre et Jean.*
3251. Maupassant	*Une vie.*
3252. Flaubert	*Bouvart et Pécuchet.*
3253. Jean-Philippe Arrou-Vignod	*L'Homme du cinquième jour.*
3254. Christian Bobin	*La femme à venir.*
3255. Michel Braudeau	*Pérou.*
3256. Joseph Conrad	*Un paria des îles.*
3257. Jerôme Garcin	*Pour Jean Prévost.*
3258. Naguib Mahfouz	*La quête.*
3259. Ian McEwan	*Sous les draps et autres nouvelles.*

3260.	Philippe Meyer	*Paris la Grande.*
3261.	Patrick Mosconi	*Le chant de la mort.*
3262.	Dominique Noguez	*Amour noir.*
3263.	Olivier Todd	*Albert Camus, une vie.*
3264.	Marc Weitzmann	*Chaos.*
3265.	Anonyme	*Aucassin et Nicolette.*
3266.	Tchekhov	*La dame au petit chien et autres nouvelles.*
3267.	Hector Bianciotti	*Le pas si lent de l'amour.*
3268	Pierre Assouline	*Le dernier des Camondo.*
3269.	Raphaël Confiant	*Le meurtre du Samedi-Gloria.*
3270.	Joseph Conrad	*La Folie Almayer.*
3271.	Catherine Cusset	*Jouir.*
3272.	Marie Darrieussecq	*Naissance des fantômes.*
3273.	Romain Gary	*Europa.*
3274.	Paula Jacques	*Les femmes avec leur amour.*
3275.	Iris Murdoch	*Le chevalier vert.*
3276.	Rachid O.	*L'enfant ébloui.*
3277.	Daniel Pennac	*Messieurs les enfants.*
3278.	John Edgar Wideman	*Suis-je le gardien de mon frère ?*
3279.	François Weyergans	*Le pitre.*
3280.	Pierre Loti	*Le Roman d'un enfant* suivi de *Prime jeunesse.*
3281.	Ovide	*Lettres d'amour.*
3282.	Anonyme	*La Farce de Maître Pathelin.*
3283.	François-Marie Banier	*Sur un air de fête.*
3284.	Jemia et J.M.G. Le Clézio	*Gens des nuages.*
3285.	Julian Barnes	*Outre-Manche.*
3286.	Saul Bellow	*Une affinité véritable.*
3287.	Emmanuèle Bernheim	*Vendredi soir.*
3288.	Daniel Boulanger	*Le retable Wasserfall.*
3289.	Bernard Comment	*L'ombre de mémoire.*
3290.	Didier Daeninckx	*Cannibale.*
3291.	Orhan Pamuk	*Le château blanc.*
3292.	Pascal Quignard	*Vie secrète.*
3293.	Dominique Rolin	*La Rénovation.*
3294.	Nathalie Sarraute.	*Ouvrez.*
3295.	Daniel Zimmermann	*Le dixième cercle.*
3296.	Zola	*Rome.*
3297.	Maupassant	*Boule de suif.*
3298.	Balzac	*Le Colonel Chabert.*

3299.	José Maria Eça de Queiroz	*202, Champs-Élysées.*
3300.	Molière	*Le Malade Imaginaire.*
3301.	Sand	*La Mare au Diable.*
3302.	Zola	*La Curée.*
3303.	Zola	*L'Assommoir.*
3304.	Zola	*Germinal.*
3305.	Sempé	*Raoul Taburin.*
3306.	Sempé	*Les Musiciens.*
3307.	Maria Judite de Carvalho	*Tous ces gens, Mariana...*
3308.	Christian Bobin	*Autoportrait au radiateur.*
3309.	Philippe Delerm	*Il avait plu tout le dimanche.*
3312.	Pierre Pelot	*Ce soir, les souris sont bleues.*
3313.	Pierre Pelot	*Le nom perdu du soleil.*
3314.	Angelo Rinaldi	*Dernières nouvelles de la nuit.*
3315.	Arundhati Roy	*Le Dieu des Petits Riens.*
3316.	Shan Sa	*Porte de la paix céleste.*
3317.	Jorge Semprun	*Adieu, vive clarté...*
3318.	Philippe Sollers	*Casanova l'admirable.*
3319.	Victor Segalen	*René Leys.*
3320.	Albert Camus	*Le premier homme.*
3321.	Bernard Comment	*Florence, retours.*
3322.	Michel Del Castillo	*De père français.*
3323.	Michel Déon	*Madame Rose.*
3324.	Philipe Djian	*Sainte-Bob.*
3325.	Witold Gombrowicz	*Les envoûtés.*
3326.	Serje Joncour	*Vu.*
3327.	Milan Kundera	*L'identité.*
3328.	Pierre Magnan	*L'aube insolite.*
3329.	Jean-Noël Pancrazi	*Long séjour.*
3330.	Jacques Prévert	*La cinquième saison.*
3331.	Jules Romains	*Le vin blanc de la Villette.*
3332.	Thucydide	*La Guerre du Péloponnèse.*
3333.	Pierre Charras	*Juste avant la nuit.*
3334.	François Debré	*Trente ans avec sursis.*
3335.	Jérôme Garcin	*La chute de cheval.*
3336.	Syvie Germain	*Tobie des marais.*
3337.	Angela Huth	*L'invitation à la vie conjugale.*
3338.	Angela Huth	*Les filles de Hallows Farm.*
3339.	Luc Lang	*Mille six cents ventres.*
3340.	J.M.G. Le Clézio	*La fête chantée.*

3341.	Daniel Rondeau	*Alexandrie.*
3342.	Daniel Rondeau	*Tanger.*
3343.	Mario Vargas Llosa	*Les carnets de Don Rigoberto.*
3344.	Philippe Labro	*Rendez-vous au Colorado.*
3345.	Christine Angot	*Not to be.*
3346.	Christine Angot	*Vu du ciel.*
3347.	Pierre Assouline	*La cliente.*
3348.	Michel Braudeau	*Naissance d'une passion.*
3349.	Paule Constant	*Confidence pour confidence.*
3350.	Didier Daeninckx	*Passages d'enfer.*
3351.	Jean Giono	*Les récits de la demi-brigade.*
3352.	Régis Debray	*Par amour de l'art.*
3353.	Endô Shûsaku	*Le fleuve sacré.*
3354.	René Frégni	*Où se perdent les hommes.*
3355.	Alix de Saint-André	*Archives des anges.*
3356.	Lao She	*Quatre générations sous un même toit II.*
3357.	Bernard Tirtiaux	*Le puisatier des abîmes.*
3358.	Anne Wiazemsky	*Une poignée de gens.*
3359.	Marguerite de Navarre	*L'Heptaméron.*
3360.	Annie Cohen	*Le marabout de Blida.*
3361.	Abdelkader Djemaï	*31, rue de l'Aigle.*
3362.	Abdelkader Djemaï	*Un été de cendres.*
3363.	J.P. Donleavy	*La dame qui aimait les toilettes propres.*
3364.	Lajos Zilahy	*Les Dukay.*
3365.	Claudio Magris	*Microcosmes.*
3366.	Andreï Makine	*Le crime d'Olga Arbélina.*
3367.	Antoine de Saint-Exupéry	*Citadelle (édition abrégée).*
3368.	Boris Schreiber	*Hors-les-murs.*
3369.	Dominique Sigaud	*Blue Moon.*
3370.	Bernard Simonay	*La lumière d'Horus (La première pyramide III).*
3371.	Romain Gary	*Ode à l'homme qui fut la France.*
3372.	Grimm	*Contes.*
3373.	Hugo	*Le Dernier Jour d'un Condamné.*
3374.	Kafka	*La Métamorphose.*
3375.	Mérimée	*Carmen.*
3376.	Molière	*Le Misanthrope.*
3377.	Molière	*L'École des femmes.*
3378.	Racine	*Britannicus.*

3379.	Racine	*Phèdre.*
3380.	Stendhal	*Le Rouge et le Noir.*
3381.	Madame de Lafayette	*La Princesse de Clèves.*
3382.	Stevenson	*Le Maître de Ballantrae.*
3383.	Jacques Prévert	*Imaginaires.*
3384.	Pierre Péju	*Naissances.*
3385.	André Velter	*Zingaro suite équestre.*
3386.	Hector Bianciotti	*Ce que la nuit raconte au jour.*
3387.	Chrystine Brouillet	*Les neuf vies d'Edward.*
3388.	Louis Calaferte	*Requiem des innocents.*
3389.	Jonathan Coe	*La Maison du sommeil.*
3390.	Camille Laurens	*Les travaux d'Hercule.*
3391.	Naguib Mahfouz	*Akhénaton le renégat.*
3392.	Cees Nooteboom	*L'histoire suivante.*
3393.	Arto Paasilinna	*La cavale du géomètre.*
3394.	Jean-Christophe Rufin	*Sauver Ispahan.*
3395.	Marie de France	*Lais.*
3396.	Chrétien de Troyes	*Yvain ou le Chevalier au Lion.*
3397.	Jules Vallès	*L'Enfant.*
3398.	Marivaux	*L'Île des Esclaves.*
3399.	R.L. Stevenson	*L'Île au trésor.*
3400.	Philippe Carles et Jean-Louis Comolli	*Free jazz, Black power.*
3401.	Frédéric Beigbeder	*Nouvelles sous ecstasy.*
3402.	Mehdi Charef	*La maison d'Alexina.*
3403.	Laurence Cossé	*La femme du premier ministre.*
3404.	Jeanne Cressanges	*Le luthier de Mirecourt.*
3405.	Pierrette Fleutiaux	*L'expédition.*
3406.	Gilles Leroy	*Machines à sous.*
3407.	Pierre Magnan	*Un grison d'Arcadie.*
3408.	Patrick Modiano	*Des inconnues.*
3409.	Cees Nooteboom	*Le chant de l'être et du paraître.*
3410.	Cees Nooteboom	*Mokusei !*
3411.	Jean-Marie Rouart	*Bernis le cardinal des plaisirs.*
3412.	Julie Wolkenstein	*Juliette ou la paresseuse.*
3413.	Geoffrey Chaucer	*Les Contes de Canterbury.*
3414.	Collectif	*La Querelle des Anciens et des Modernes.*
3415.	Marie Nimier	*Sirène.*
3416.	Corneille	*L'Illusion Comique.*
3417.	Laure Adler	*Marguerite Duras.*

3418. Clélie Aster — *O.D.C.*
3419. Jacques Bellefroid — *Le réel est un crime parfait, Monsieur Black.*
3420. Elvire de Brissac — *Au diable.*
3421. Chantal Delsol — *Quatre.*
3422. Tristan Egolf — *Le seigneur des porcheries.*
3423. Witold Gombrowicz — *Théâtre.*
3424. Roger Grenier — *Les larmes d'Ulysse.*
3425. Pierre Hebey — *Une seule femme.*
3426. Gérard Oberlé — *Nil rouge.*
3427. Kenzaburô Ôé — *Le jeu du siècle.*
3428. Orhan Pamuk — *La vie nouvelle.*
3429. Marc Petit — *Architecte des glaces.*
3430. George Steiner — *Errata.*
3431. Michel Tournier — *Célébrations.*
3432. Abélard et Héloïse — *Correspondances.*
3433. Charles Baudelaire — *Correspondance.*
3434. Daniel Pennac — *Aux fruits de la passion.*
3435. Béroul — *Tristan et Yseut.*
3436. Christian Bobin — *Geai.*
3437. Alphone Boudard — *Chère visiteuse.*
3438. Jerome Charyn — *Mort d'un roi du tango.*
3439. Pietro Citati — *La lumière de la nuit.*
3440. Shûsaku Endô — *Une femme nommée Shizu.*
3441. Frédéric. H. Fajardie — *Quadrige.*
3442. Alain Finkielkraut — *L'ingratitude.* Conversation sur notre temps
3443. Régis Jauffret — *Clémence Picot.*
3444. Pascale Kramer — *Onze ans plus tard.*
3445. Camille Laurens — *L'Avenir.*
3446. Alina Reyes — *Moha m'aime.*
3447. Jacques Tournier — *Des persiennes vert perroquet.*
3448. Anonyme — *Pyrame et Thisbé, Narcisse, Philomena.*
3449. Marcel Aymé — *Enjambées*
3450. Patrick Lapeyre — *Sissy, c'est moi*
3451. Emmanuel Moses — *Papernik*
3452. Jacques Sternberg — *Le cœur froid*
3453. Gérard Corbiau — *Le Roi danse*
3455. Pierre Assouline — *Cartier-Bresson (L'œil du siècle)*

3456. Marie Darrieussecq	*Le mal de mer*
3457. Jean-Paul Enthoven	*Les enfants de Saturne*
3458. Bossuet	*Sermons. Le Carême du Louvre.*
3459. Philippe Labro	*Manuella*
3460. J.M.G. Le Clézio	*Hasard* suivi de *Angoli Mala*
3461. Joëlle Miquel	*Mal-aimés*
3462. Pierre Pelot	*Debout dans le ventre blanc du silence*
3463. J.-B. Pontalis	*L'enfant des limbes*
3464. Jean-Noël Schifano	*La danse des ardents*
3465. Bruno Tessarech	*La machine à écrire*
3466. Sophie de Vilmorin	*Aimer encore*
3467. Hésiode	*Théogonie* et autres poèmes
3468. Jacques Bellefroid	*Les étoiles filantes*
3469. Tonino Benacquista	*Tout à l'ego*
3470. Philippe Delerm	*Mister Mouse*
3471. Gérard Delteil	*Bugs*
3472. Benoît Duteurtre	*Drôle de temps*
3473. Philippe Le Guillou	*Les sept noms du peintre*
3474. Alice Massat	*Le Ministère de l'intérieur*
3475. Jean d'Ormesson	*Le rapport Gabriel*
3476. Postel & Duchâtel	*Pandore et l'ouvre-boîte*
3477. Gilbert Sinoué	*L'enfant de Bruges*
3478. Driss Chraïbi	*Vu, lu, entendu*
3479. Hitonari Tsuji	*Le Bouddha blanc*
3480. Denis Diderot	*Les Deux amis de Bourbonne* (à paraître)
3481. Daniel Boulanger	*Le miroitier*
3482. Nicolas Bréhal	*Le sens de la nuit*
3483. Michel del Castillo	*Colette, une certaine France*
3484. Michèle Desbordes	*La demande*
3485. Joël Egloff	*«Edmond Ganglion & fils»*
3486. Françoise Giroud	*Portraits sans retouches (1945-1955)*
3487. Jean-Marie Laclavetine	*Première ligne*
3488. Patrick O'Brian	*Pablo Ruiz Picasso*
3489. Ludmila Oulitskaïa	*De joyeuses funérailles*
3490. Pierre Pelot	*La piste du Dakota*
3491. Nathalie Rheims	*L'un pour l'autre*
3492 Jean-Christophe Rufin	*Asmara et les causes perdues*

Composition Nord Compo.
Impression Société Nouvelle Firmin-Didot
à Mesnil-sur-l'Estrée, le 4 mai 2001.
Dépôt légal : mai 2001.
1er dépôt légal dans la collection : octobre 2000.
Numéro d'imprimeur : 55639.
ISBN 2-07-040895-7/Imprimé en France.

4532